新《しん》訳《やく》
ドリトル先《せん》生《せい》のガブガブの本《ほん》
シリーズ番《ばん》外《がい》編《へん》

ヒュー・ロフティング・作
河合《かわい》祥一郎《しょういちろう》・訳
patty《パティ》・絵

角川つばさ文庫

Gub-Gub's Book, An Encyclopedia of Food in Twenty Volumes

（ガブガブの本《ほん》――食《た》べ物《もの》百科《ひゃっか》全《ぜん》20巻《かん》※）

by Hugh Lofting 1932

※ガブガブ博士《はかせ》の発表《はっぴょう》によれば、生活費《せいかつひ》が高《たか》いために、
この偉大《いだい》な著作《ちょさく》の残《のこ》りの19巻《かん》の刊行《かんこう》は延期《えんき》されました。

この本《ほん》に登場《とうじょう》する人間《にんげん》と動物《どうぶつ》たち

トミー・スタビンズ

動物語《どうぶつご》ができる、ドリトル先生《せんせい》の助手《じょしゅ》。今回《こんかい》、ガブガブの本《ほん》を翻訳《ほんやく》した。

ガブガブ

食《く》いしんぼうな小《こ》ブタ。泣《な》き虫《むし》で甘《あま》えんぼう…のはずが、ついに作家《さっか》に!?

ドリトル先生《せんせい》

動物《どうぶつ》と話《はな》せる、お医者《いしゃ》さん。貧乏《びんぼう》だけど動物《どうぶつ》に大人気《だいにんき》!

ダブダブ

おかあさんみたいに、先生《せんせい》のお世話《せわ》をするアヒル。

ジップ

とんでもなく鼻《はな》がきくオス犬《いぬ》。先生《せんせい》のおうちの番犬《ばんけん》。

ホワイティ

知《し》りたがりな白《しろ》ネズミの男《おとこ》の子《こ》。チーズに目《め》がない。

チーチー

アフリカ出身《しゅっしん》のオスザル。ひかえめで、やさしい。

チープサイド

ロンドン育《そだ》ちの都会《とかい》スズメ。口《くち》が悪《わる》い。妻《つま》はベッキー。

シャーベット・スコーンズ

食《た》べ物《もの》推理《すいり》小説《しょうせつ》に登場《とうじょう》する名探偵《めいたんてい》。どんな事件《じけん》も解決《かいけつ》。

クインス・ブロッサム

将軍《しょうぐん》の美《うつく》しい娘《むすめ》。料理《りょうり》のうでは世界一《せかいいち》ひどい。

ガツガツ二世王《せいおう》

世界一《せかいいち》お金持《かねも》ちな国《くに》の王《おう》さま。食《た》べることが大好《だいす》き。

サラダ・ドレッシング博士《はかせ》登場《とうじょう》！

「なんてことでしょ、信《しん》じられない！　**あのブタ、もういや！**」

「どうした、ダブダブ？」と、ジップ。

「自分《じぶん》のことを、**ガブガブ博士《はかせ》D《ディー》・S《エス》・D《ディー》**とか呼《よ》んで、食《た》べ物《もの》百科《ひゃっか》を出《だ》すつもりなのよ。」

「D《ディー》・S《エチュ》・D《ディー》ってなあに？」と、白《しろ》ネズミ。

「**サラダ・ドレッシング博士《はかせ》**の略《りゃく》ですって。

そのうえドリトル先生《せんせい》のメガネをかけて、すっかり作家気《さっかき》どりなの。

今《いま》もメガネをかけて、自分《じぶん》の書《か》いたばかげた本《ほん》を読《よ》みあげてるわ。」

「ティー、ヒー、ヒー！　へんなの！」

そのとき、ノックの音《おと》がして、ドアがあきました。

そこに立《た》っていたのは、
作家《さっか》ガブガブの見《み》たこともないすがたでした。

小《こ》石《いし》のスープ

「小石《こいし》スープの発明《はつめい》のお話《はなし》をしよう。
　何年《なんねん》も前《まえ》に、あちこちで戦争《せんそう》が起《お》きていたとき、
おなかをすかせた兵士《へいし》が、なにか食《た》べ物《もの》はないかと、ある農家《のうか》をたずねた。
おうちには、おくさんしかいなくて、食《た》べ物《もの》をもってかれるのが
いやだから、なにもありませんと答《こた》えた。
ドアを閉《し》めて兵士《へいし》をなかへ入《い》れなかったんだ。
　兵士《へいし》は外《そと》のひなたにすわって、考《かんが》えはじめた。
ここにはなにか食《た》べ物《もの》があるはずだ、どうやったら
もらえるのかなって。そしてふと、思《おも》いついたんだ。
ドアをまたノックして、プンプンしてるおくさんにこう言《い》った。
『失礼《しつれい》ですが、小石《こいし》スープという料理《りょうり》を聞《き》いたことがありますか？
よろしければ、ぼくが作《つく》りましょう。』

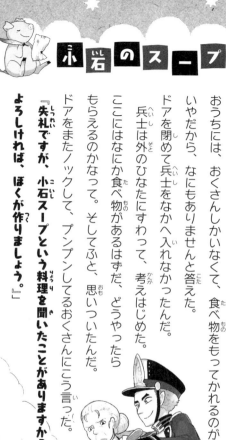

トマト戦《せん》争《そう》物《もの》語《がたり》

「ある美《うつく》しく平和《へいわ》な国《くに》では、クリスマスのガチョウにつめるために、
上等《じょうとう》なまんまるの赤《あか》いトマトが育《そだ》てられていた。
そして、ある不幸《ふこう》な日《ひ》に、ひとりの庭師《にわし》がとなりの国《くに》から
やってこなければ、その国《くに》はずっとしあわせだったはずなんだ。
男《おとこ》は、新《あたら》しいトマトをもってやってきた。
それは黄色《きいろ》いトマトだった。
そして、これこそが最新流行《さいしんりゅうこう》のトマトだと、みんなに言《い》った。
古《ふる》くさい赤《あか》いトマトなんて食《く》うもんじゃないと。
それがやがて、たいへんなさわぎとなった。
国《くに》が赤《あか》いトマト派《は》と黄色《きいろ》いトマト派《は》でふたつに分《わ》かれたんだ。
この問題《もんだい》をめぐって、とうとうほんとに戦争《せんそう》になった。
最悪《さいあく》の内戦《ないせん》だよ。**トマト戦争《せんそう》のはじまりだ。**」

ガツガツ王《おう》に忍《しの》びよる影《かげ》

「こうして、ガツガツ王国《おうこく》は**ガツガツ王《おう》の大《だい》ピクニック**のおかげで、最高《さいこう》においしくて幸《しあわ》せな時代《じだい》をすごした。

だけど、ここで、いやなやつをしょうかいしなければならない。

王《おう》さまの甥《おい》っ子《こ》の**イヤナヤツ王子《おうじ》**だ。

こいつは、良心《りょうしん》も恥《はじ》もなく、悪《わる》い財務大臣《ざいむだいじん》と手《て》を結《むす》んでいた。

大臣《だいじん》は王《おう》さまが食《た》べ物《もの》にお金《かね》を使《つか》うのに大反対《だいはんたい》していた。

だから、イヤナヤツ王子《おうじ》が大《だい》ピクニックをぶっつぶす悪《わる》い計画《けいかく》をもって大臣《だいじん》のところへやってきたとき、大臣《だいじん》はとてもよろこんだんだ。

うれしくてクックッ笑《わら》いながら、大臣《だいじん》はイヤナヤツをかしこい王子《おうじ》だとほめ、**いずれはりっぱな王《おう》さまとなるだろう**と言《い》った。」

もくじ

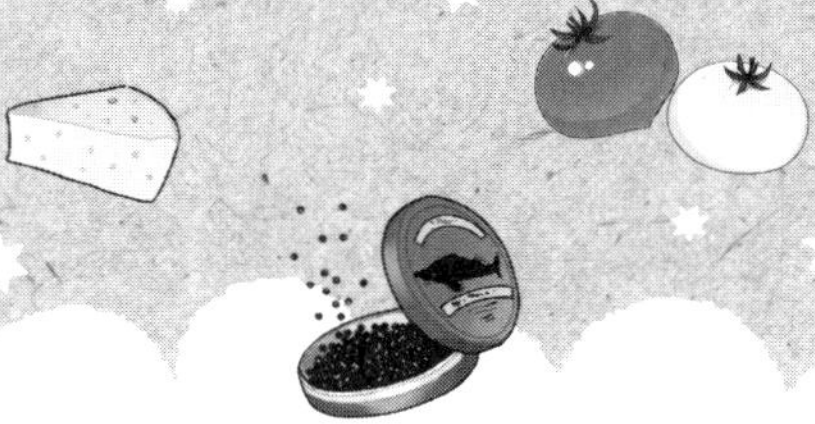

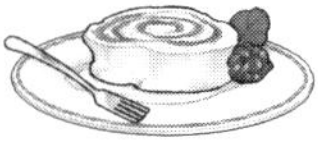

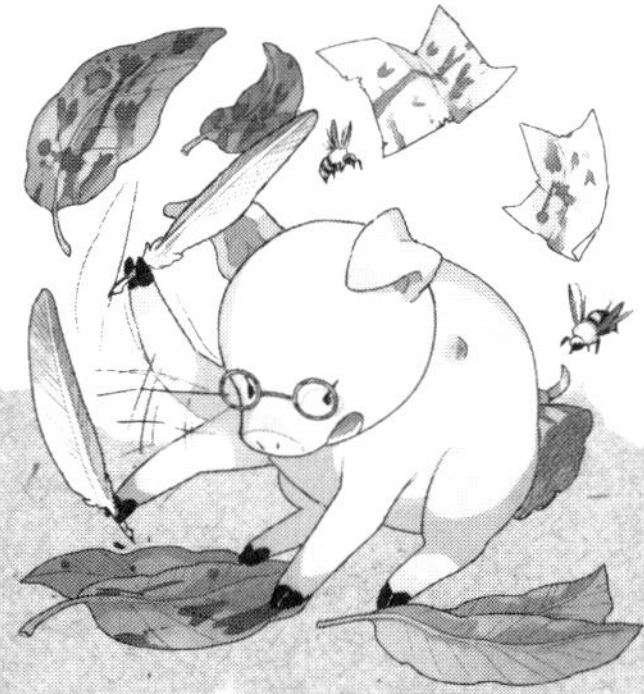

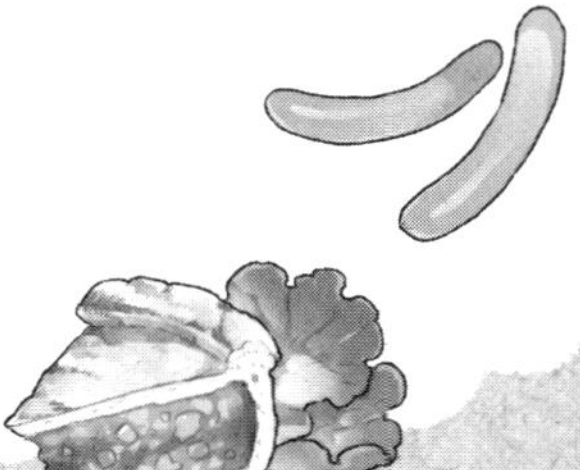

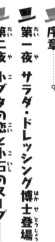

序章《じょしょう》

湿原《しつげん》のほとりのパドルビーに住《す》む、くつ屋《や》ジェイコブ・スタビンズの息《むす》子《こ》トミー・スタビンズが、この本《ほん》とブタのガブガブについて説明《せつめい》する。

ぼくは、ジョン・ドリトル先生《せんせい》についてこれまでたくさん本《ほん》を書《か》いてきました。まさかそれよりも、ガブガブの本《ほん》を書《か》くほうがたいへんだなんて思《おも》ってもみませんでした。ところが、そうだったんです。

ぼくは、先生《せんせい》とお仕事《しごと》をしているときは、助手《じょしゅ》として夜《よる》おそくまで算数《さんすう》や理科《りか》のノートをいっぱいとってがんばりましたが、こまったときはいつだって、えらい先生《せんせい》がそこにいて、わからないことを教《おし》えてくださいました。だから、つらくはなかったのです。

ところが、ガブガブが相手《あいて》だと、そうはいきません。ガブガブが書《か》きたいことには、あまり算数《さんすう》も高等《こうとう》な理科《りか》も関係《かんけい》しないのです。それでも、むずかしいことがでてくるのですが、そんなとき、ガブガブはちっとも助《たす》けになりません。聞《き》きたいことがあったり、どうしたらいいだろうと思《おも》うところがあったりしても、決断《けつだん》しなければならないのは、たいていぼくなのです。

ドリトル先生《せんせい》は、いろいろなことをごぞんじのりっぱな書《か》き手《て》でしたが、ガブガブは、なんにも知《し》りませんでした。そのくせ、自分《じぶん》は世界一《せかいいち》の

書《か》き手《て》だと、うぬぼれているのです。
けれども、この本《ほん》のいたらない点《てん》をガブガブのせいだけにすることはできません。たぶんぼくは、こうした仕事《しごと》が得意《とくい》ではないのです。つまり、ほかのひとが書《か》いたり言《い》ったりしたものをならべかえたり、わかりやすいことばに換《か》えたりする「編集《へんしゅう》」という仕事《しごと》が、じょうずではないのです。ただ、この本《ほん》が書《か》かれたとき、動物《どうぶつ》のことばがわかるのは先生《せんせい》とぼくぐらいしかいませんでした。そのうち、もっとたくさん、わかる人《ひと》が出《で》てくるでしようけれどね。
もちろん、ぼくよりも先生《せんせい》のほうが、この仕事《しごと》をずっとじょうずになされたことでしょう。ですから、先生《せんせい》がお引《ひ》き受《う》けくださったらよかったんです。ガブガブは、ぼくに、先《せん》生《せい》にたのんでほしいと言《い》いました。しかし、アヒルのダブダブがぼくらの話《はなし》を聞《き》いていました。ダブダブはアヒルなのですが、先生《せんせい》のお世話《せわ》をしっかりして、おうちのめんどうを見《み》てくれています。
「トミー・スタビンズ」と、ダブダブは、ぼくにきびしい声《こえ》で言《い》いました。「あのばかなブタのくだらない落書《らくが》きを人間《にんげん》のことばに直《なお》すのに、ジョン・ドリトル先生《せんせい》のお手《て》をわずらわせたりしたら、こまりますよ。先生《せんせい》は、もっとずっと大切《たいせつ》なことでおいそがしいんですからね。あほブタが食《た》べ物《もの》のことをごちゃごちゃ言《い》うことなんか、どうだっていいんです。」

「でもね、ダブダブ」と、ぼくは言《い》いました。「食事《しょくじ》や食《た》べ物《もの》って、人間《にんげん》にとっても、やっぱり大切《たいせつ》なんじゃないかな。ガブガブがブタのことばで書《か》いたことを読《よ》んでみたけど、なかなかいいよ。とってもおもしろいんだ。」

「だからいけないんですよ、トミー」と、ダブダブは羽《はね》をさかだてながら言《い》いました。「あのブタ、どんなことを本《ほん》に書《か》きたいか、私《わたし》にも話《はな》していました。たいていは、おもしろがらせようとしているんです。食事《しょくじ》というのは、ふざけたり、遊《あそ》んだりするものではありません。真剣《しんけん》なことです。」

「えっとね、ダブダブ」と、ぼくは言《い》いました。「それはどうかな。食事《しょくじ》って、楽《たの》しくていいと思《おも》うんだ。そりゃあ、飢《う》え死《じ》にしそうなときは、真剣《しんけん》になるけどね。でも、君《きみ》は、生活《せいかつ》をあまりにも深刻《しんこく》に考《かんが》えすぎなんじゃないかな。」

「そりゃあね」と、ダブダブは羽《はね》をすくめながら言《い》いました。「この家族《かぞく》とくらしていれば、深刻《しんこく》にもなろうってもんですよ。ともかく、先生《せんせい》はおいそがしいんです。その点《てん》は、まちがいありませんからね。ガブガブの本《ほん》を人間《にんげん》のことばにしなきゃならないんなら、あなた、自分《じぶん》でなさったらいいじゃありませんか、トミー。」

よく考《かんが》えてみて、ダブダブの言《い》うとおりだと思《おも》いました。ドリトル先生《せんせい》は、お気《き》の毒《どく》に、朝《あさ》も昼《ひる》も夜《よる》も、先生《せんせい》の診察室《しんさつしつ》にむらがる動物《どうぶつ》たちをみてやるのみならず、動物《どうぶつ》の医学《いがく》や博《はく》物学《ぶつがく》についての多《おお》くの本《ほん》をお書《か》きになるので、まったく時間《じかん》がなかったのでした。

こうして、ぼくがこの仕事《しごと》を引《ひ》き受《う》けることになりました。

ガブガブにそう言《い》ってやると、ガブガブは、長《なが》いことかけて書《か》いてきた仕事《しごと》がついに印《いん》刷《さつ》されるぞと、大《おお》よろこびでした。なにしろ、ほんとの印刷所《いんさつじょ》で印刷《いんさつ》されて、書店《しょてん》で売《う》られるのです。

さし絵《え》はガブガブのかいたものは使《つか》えないよと言《い》うと、少《すこ》しがっかりしていました。ガブガブの絵《え》を使《つか》ってあげたかったのですが——まあ、ガブガブの絵《え》はどこからどう見《み》てもブタがかいた絵《え》なのです。どんな印刷所《いんさつじょ》でも印刷《いんさつ》できないんじゃないかな。

ガブガブは、ふつうの絵《え》描《か》きではありませんでした。えんぴつやインクや絵《え》の具《ぐ》を使《つか》わずに、どろを使《つか》って、ブタ小屋《ごや》のかべにかくのが好《す》きなのです。〝ピクニック王《おう》〟の肖像《しょうぞう》画《が》などは、イチゴジャムとミントゼリーでかいたほどです。絵《え》の具《ぐ》やチョークでは、あの美《うつく》しい緑《みどり》が出《で》ないそうで、ミントゼリーじゃないとだめだそうです。ぼくは、もうしわけないけれど、絵《え》はぼくがかいて、ミントゼリーはなしにしたほうが、印刷屋《いんさつや》さんが楽《らく》になると思《おも》うと言《い》いました。

ぼくの絵《え》は、ガブガブの絵《え》ほどユニークで変《か》わった絵《え》ではありません。でも、少《すく》なくとも、どの絵《え》もガブガブが望《のぞ》んだとおりにしようと、いっしょけんめいかきました。それだけはたしかです。ぼくがかいているあいだに、ガブガブは、ぼくの肩《かた》ごしにのぞきこんで、絵《え》がすっかり希望《きぼう》どおりになるまで、ぶつぶつと意見《いけん》や希望《きぼう》を言《い》いつづけました。

ところが、絵《え》でてこずってる場合《ばあい》ではありませんでした！ガブガブが先生《せんせい》に教《おそ》わったブタ用《よう》のアルファベットを使《つか》って

書《か》いたものを読《よ》んでみると、これはたいへんな仕事《しごと》だとわかったのです。

そもそも、文字《もじ》が読《よ》みにくいのです。ブタのことばを人間《にんげん》のことばに直《なお》すだけでも、かんたんなことではありません。話《はな》しことば、というか、ぶうぶういうことばは――練習《れんしゅう》をしっかり積《つ》めば――とても単純《たんじゅん》です。ところが、ガブガブは、お習字《しゅうじ》のノートにブタの文《も》字《じ》を書《か》く授業《じゅぎょう》を、先生《せんせい》からたくさんしていただいたにもかかわらず、文字《もじ》がへたなのです。しかも、ページのあちこちに、よごれがありました。大《おお》きな、ぐちゃぐちゃのよごれです。たいていは、書《か》きながら熟《じゅく》したトマトを食《た》べていたせいでできたものでした。トマトを食《た》べるとアイデアがわくのだそうです。そして、もちろん、トマトの汁《しる》が、紙《かみ》の上《うえ》にだらだらとたれて、インクとまざってしまっていました。

それに、まあ、なんとたくさん書《か》いたことでしょう！　ふつうの紙《かみ》のかわりに、包《つつ》み紙《がみ》を使《つか》っていました。小《ちい》さな、こせこせした文字《もじ》で書《か》くのはいやなのだそうです。そういうわけで、先生《せんせい》のおうちの屋根裏部屋《やねうらべや》全体《ぜんたい》に、九十《きゅうじっ》センチ四方《しほう》の茶色《ちゃいろ》の包《つつ》み紙《がみ》の山《やま》が、天井《てんじょう》までぎっしりと積《つ》み重《かさ》なることになりました。どの紙《かみ》にも、ガブガブのきたない文字《もじ》がのたくっていました。足《あし》で書《か》いたから「足文字《あしもじ》」だと、ダブダブは言《い》っていました。

この本《ほん》を読《よ》んでいるみなさんは、ガブガブが初《はじ》めてドリトル家《け》の動物《どうぶつ》たちに、食《た》べ物《もの》についての本《ほん》を書《か》くつもりだと言《い》ったとき、「『食《た》べ物百科事典《ものひゃっかじてん》』全二十巻《ぜんにじっかん》」と呼《よ》んでいたことをおぼえておいででしょう。でも、ガブガブは食《た》べ物《もの》のことをずいぶんいろいろと知《し》っているので、二十巻《にじっかん》では足《た》りないと思《おも》ったこともおわかりください。

ですから、ふつうの本《ほん》の大《おお》きさで出版《しゅっぱん》するためには、内容《ないよう》をずいぶんけずらなければならないよと告《つ》げると、ガブガブはまたしても、がっかりすることになりました。

しかも、読者《どくしゃ》——人間《にんげん》の読者《どくしゃ》——がおもしろがってくれそうなところを、その大量《たいりょう》の紙《かみ》のなかから集《あつ》めてみると、その情報《じょうほう》をガブガブがどのようにして集《あつ》めたのかという説明《せつめい》をつけたほうがいいし、そのほかにも、あとで読《よ》んで意味《いみ》が理解《りかい》できる部分《ぶぶん》をつけくわえた

ほうがいいと思《おも》いました。

このガブガブの本《ほん》がじつはガブガブが書《か》いたとおりでないというつもりはありません。ただ、形《かたち》や長《なが》さを変《か》えなければならなかったということです。どうしたら一番《いちばん》よいかを考《かんが》えるのにずいぶん時間《じかん》がかかりました。そして、ついに、みなさんがまさに読《よ》んでいるこのような本《ほん》にすることにしたわけです。

このブタの作家《さっか》は、自分《じぶん》の書《か》いたものを聞《き》いてくれる動物《どうぶつ》がいたら、だれにでも読《よ》み聞《き》かせることにしていました。新《あたら》しい章《しょう》を書《か》きおえるたびに、ドリトル家《け》の動物《どうぶつ》たちに聞《き》いてもらっていたのです。たいていは、夕方《ゆうがた》、みんなが働《はたら》きつかれて、寝《ね》る前《まえ》に台所《だいどころ》のだんろの前《まえ》に丸《まる》くなって集《あつ》まっているときに聞《き》いてもらうのです。ほとんど恒例《こうれい》となっていました。

家族全員《かぞくぜんいん》——犬《いぬ》のジップ、フクロウのトートー、アヒルのダブダブ、ロンドン・スズメのチープサイド、白《しろ》ネズミのホワイティ、そして、ときにはぼく自身《じしん》——が、夕食後《ゆうしょくご》、気《き》持《も》ちのよい台所《だいどころ》に集《あつ》まると、ガブガブがテーブル席《せき》にすわって、例《れい》の包《つつ》み紙《がみ》に書《か》いたものを読《よ》むのです。ときどきは、読《よ》みながら、どういうことなのか説明《せつめい》してくれることもありました。ガブガブはこれを「作家《さっか》による朗読《ろうどく》」と呼《よ》んでいました。

もちろん、ほかの動物《どうぶつ》たちは、どこがおもしろかったとか、おもしろくなかったとか、ずけずけと意見《いけん》を言《い》いました。ほめるにせよ、けなすにせよ、みんなが言《い》ったことも重要《じゅうよう》なので、この本《ほん》に記《しる》すのがよいと思《おも》いました。しかし、作家《さっか》による朗読《ろうどく》は何週間《なんしゅうかん》、いや何《なん》か月《げつ》にも及《およ》んだものですから、やはり短《みじか》くしなければなりませんでした。

お読《よ》みになればおわかりになるように、そうした集《あつ》まりの十回分《じっかいぶん》を十の章《しょう》にして、印刷会社《いんさつがいしゃ》に出《だ》すことにしたのです。それぞれの章《しょう》では、その晩《ばん》のできごとをすべて記《しる》し、ガブガブが言《い》ったことも、聞《き》いている者《もの》が言《い》ったことも、ひとこともらさずに書《か》きとめてあります。

では、はじめることにしましょう。

第《だい》一夜《や》　サラダ・ドレッシング博士《はかせ》登場《とうじょう》！

「なんてことでしょ、信《しん》じられない！」ダブダブがぷんぷん怒《おこ》ってさけびながら、部屋《へや》に飛《と》びこんできました。ダブダブは、がちゃんと大《おお》きな音《おと》をたてて、おぼんをテーブルの上《うえ》に投《な》げ出《だ》しました。「あのブタ、もういや！」

「どうした？」と、ジップがたずねました。「なにをしたんだ、あいつ？」

「なにをしたですって？」アヒルは、ガアガア言《い》いました。「自分《じぶん》のことを、ガブガブ博《はか》士《せ》D《ディー》・S《エス》・D《ディー》とか呼《よ》んでるのよ。もう、がまんの限界《げんかい》よ。」

「D《ディー》・S《エチュ》・D《ディー》ってなあに？」と、白《しろ》ネズミがたずねました。

「サラダ・ドレッシング博士《はかせ》（Dr.《ドクター》 Salad《サラダ》 Dressing《ドレッシング》）の略《りゃく》ですって。」ダブダブは鼻《はな》を鳴《な》らしました。「それだけでもひどいのに、そのうえドリトル先生《せんせい》のメガネをかけてるのよ。レンズはついてなくて、べっこうのフレームだけだけど。それをかけて、作家気《さっかき》どりなの。今《いま》も、鼻《はな》にメガネをかけて、家《いえ》のなかをほっつき歩《ある》いて、自分《じぶん》の書《か》いたばかげた本《ほん》を読《よ》みあげてるわ。」

「ティー、ヒー、ヒー！」と、白《しろ》ネズミが笑《わら》いました。「へんなの！　でもね、ダブダブ、ちょれ、おもちろいんじゃないかな。食《た》べ物百科《ものひゃっか》だよ。『百科《ひゃっか》』ってどういう意味《いみ》か知《ち》ら

ないけど、なんか、おいちちょうな感《かん》じがちゅる。ちかも、長持《ながも》ちちゅる気《き》がちゅるよ。ガブガブの本《ほん》にチージュがいっぱいあるといいんだけどなあ。」

「そりゃ、おまえには、チーズ味《あじ》の本《ほん》がいいだろうよ」と、ジップはうなりました。それまで目《め》を閉《と》じて、鼻《はな》の両《りょう》がわに前足《まえあし》をのばして、だんろの火《ひ》のほうへのびていましたから、まるでねむっているように見《み》えたのですが、夕食後《ゆうしょくご》はいつもそんな姿勢《しせい》で会話《かいわ》に耳《みみ》をかたむけるのが大好《だいす》きなのでした。そして、ひとことも聞《き》きもらしていなかったのです。

「ふん！　君《きみ》は、牛肉味《ぎゅうにくあじ》の本《ほん》がいいんだろうね」と、白《しろ》ネズミはピンク色《いろ》の鼻《はな》をつんとあげながら、つくり笑《わら》いをしました。

算数《さんすう》が得意《とくい》なフクロウのトートーは、ぼくのいすの背《せ》にとまって、いすと同《おな》じぐらいじっと静《しず》かにしていました。

「あのガブガブっていうブタを見《み》てると、」と、トートーはふいに考《かんが》えぶかそうな声《こえ》で言《い》いました。「私《わたし》がかつて知《し》っていた少年《しょうねん》を思《おも》い出《だ》すね。農場《のうじょう》に住《す》んでいた子《こ》で、私《わたし》はそこの納屋《なや》に巣《す》をかけていた。

ある日《ひ》、人《ひと》がやってきて、その子《こ》に、好《す》きなスポーツはなにかと聞《き》くと、『食《た》べること』と、その子《こ》は答《こた》えた。『じゃあ、外《そと》でやるスポーツはなにが好《す》きかい』と、その人《ひと》はたずねた。するとその子《こ》は、『外《そと》で食《た》べること』ときたもんだ。」

「なるほど、そいつぁ、ガブガブみてえだな。」ロンドン・スズメのチープサイドが、ちゅんちゅんとさえずりました。そして、テーブルにぴょんと飛《と》び乗《の》ると、いつものようにテーブルかけの上《うえ》のパンくずをついばんで、ダブダブのおそうじの手伝《てつだ》いをしました。

「なあ、トミー」と、チープサイドは、ぼくにたずねました。「われらがブタ肉博士《にくはかせ》は、どうやって文字《もじ》が書《か》けるようになったんだい？」

「なっていないよ、チープサイド」と、ぼく。「だって、ドリトル先生《せんせい》が作《つく》ったブタのA《エー》BC《ビーシー》は、文字《もじ》じゃなくて、記号《きごう》だからね。どの記号《きごう》もそれだけで意味《いみ》のあることばになっていて、ときには文《ぶん》になっているのさえあるんだ。」

「へえ！　漢字《かんじ》みたいなもんか？」

「そうだね」と、ぼく。「そんなようなもんだよ――もっとかんたんだけど。」

「かんたんなはずだわよ」と、ダブダブ。「ありゃ、ばかですからね！　年《ねん》がら年《ねん》じゅう、

先生《せんせい》の園芸《えんげい》や料理《りょうり》の本《ほん》に鼻《はな》をつっこんでばかり。でももちろん、ほんとは読《よ》んでないのよ——読《よ》んでるふりしてるだけ。あのブタは、ハムって文字《もじ》だって書《か》けませんよ。七品《しな》のコース料理《りょうり》を食《た》べさせるからと約束《やくそく》したって、むりですよ。」

「それにしても、」と、大《おお》きな柱時計《はしらどけい》の上《うえ》にとまっていたオウムのポリネシアが、クックッと笑《わら》って言《い》いました。「本《ほん》にまとめるために、ずいぶん情報《じょうほう》を集《あつ》めたもんだよ。」

サルのチーチーが、ゆかの上《うえ》をすうっとすべってきて、だんろにもう一本《ぽん》たきぎを投《な》げ入《い》れました。

「そうだね」と、チーチー。「本《ほん》を読《よ》んで得《え》た情報《じょうほう》ばかりじゃないよ。アフリカのジャングルのくだものと野菜《やさい》について、ぼくにずっとしつこく質問《しつもん》してたからね。ヤムイモと、野生《やせい》のマンゴーと、ヤシの実《み》と、ナツメヤシと、アメリカホドイモなんかのことを。」

「まあ、もうすぐ、いやというほど話《はなし》を聞《き》かされますよ」と、ダブダブはつぶやきました。「さっきお皿《さら》を洗《あら》っていたら、ガブガブが台所《だいどころ》を通《とお》っていって、今晩《こんばん》、作家《さっか》による朗読《ろうどく》をするとかなんとか言《い》ってましたからね。だから、寝《ね》たい人《ひと》はさっさと寝《ね》たほうが——あらま！　来《き》ちゃったわ！」

ドアにノックの音《おと》がありました。ガブガブが家《いえ》のなかを動《うご》きまわるとき、たったひとつこまるのは、ドアノブをつかめないことです。両前足《りょうまえあし》ではさんでまわすしかないのですが、だれかあけてくれるひとがいるときは、いつもノックをするのでした。

「ガブガブだね」と、白《しろ》ネズミがくすくす笑《わら》って言《い》いました。

ぼくは立《た》ちあがって、ドアを大《おお》きく引《ひ》いてあけました。そこに立《た》っていたのは、作家《さっか》ガブガブの見《み》たこともないすがたでした。大《おお》きなくしゃくしゃの紙《かみ》のたばを小《こ》わきにかかえ、耳《みみ》のうしろに巨大《きょだい》な羽根《はね》ペンをさしていました。鼻《はな》には、べっこうのフレームのメガネがかかっています。その顔《かお》つきは、すっかりつかれきっているようでした。

「いやはや！」と、ガブガブはため息《いき》をつきました。「ぼくがどんなにくったくたか、だれもわかってくれないだろうね。」

「わかるもんですか、」ダブダブが鼻《はな》を鳴《な》らしました。「あんたが、なにを食《く》った食《く》ったって？」

「調《しら》べものをしてたんだ」と、偉大《いだい》な作家《さっか》は、うなりました。「いつまでも終《お》わらない調《しら》べものだ。」

「どこで調《しら》べものをするんだい？」ジップがたずねました。「イチゴ畑《ばたけ》か？」

「ちらべものって、なあに？」白《しろ》ネズミが聞《き》きました。

ガブガブは、ぼくのそばに、いすを引《ひ》きよせて、すわりました。それから、メガネをテーブルかけでていねいにふきました――レンズはないんですけどね――そして、また、かけました。

「調《しら》べものかい？」と、ガブガブ。「まあ、そのう、調《しら》べものっていうのは――えっと――文献調査《ぶんけんちょうさ》のことだよ。」

「文献調査《ぶんけんちょうちゃ》って、なあに？」白《しろ》ネズミは、おずおずと言《い》いました。

「あのね、図書館《としょかん》へ行《い》って、本《ほん》を読《よ》むんだ。そしたら、自分《じぶん》の本《ほん》になにを書《か》いたらいいかわかるんだよ。」

「なあんだ。書《か》きうちゅすだけか」と、白《しろ》ネズミは、くすくす笑《わら》いました。

「とんでもない」と、ガブガブは、こまったように言いました。「書《か》きうつすだけじゃない。説明《せつめい》するのはむずかしいけど、偉大《いだい》な作家《さっか》のやることには、君《きみ》の理解《りかい》をこえたところがあるんだよ、ホワイティ。調《しら》べものは、そのひとつのようだね。ぼくは、今日《きょう》の午後《ごご》ずっと、アルフレッド大王《だいおう》がどこでケーキをこがしてしまったか、その正確《せいかく》な場所《ばしょ》を見《み》つけようとしていたんだ。頭《あたま》がすっかりつかれてしまったよ。アルフレッド大王《だいおう》なんていたのかなって、思《おも》いはじめちゃった――ケーキをこがしたとしたら、いたはずなんだけどね。ぼくは今《いま》、図書館《としょかん》から帰《かえ》ってきたところなんだ。ぼくの書斎《しょさい》――屋根裏部屋《やねうらべや》だよ――には、ぼくが持《も》って帰《かえ》ってきた本《ほん》が天井《てんじょう》まで積《つ》んである。ああ、今《いま》すぐ、ぼくは仕事《しごと》にもどらなきゃ――そのう、文献調査《ぶんけんちょうさ》にね。でも、まず、ゆうべぼくが書《か》いた食《た》べ物《もの》の説教《せっきょう》をみんなに聞《き》かせてあげようと思《おも》って。」

チーチーのまゆがつりあがって、毛《け》のなかに見《み》えなくなりました。ポリネシアは、いつものひどいスウェーデン語《ご》でののしりはじめました。

「うっへえ！」と、ジップがうなりました。「食《た》べ物《もの》の説教《せっきょう》だって？」

「そうだよ」と、ガブガブは笑顔《えがお》で言《い》いました。「こんなふうにはじまるんだ。」

愛《あい》すべき兄弟《きょうだい》よ。
焼《や》いたじゃがいもを食《た》べて
皮《かわ》をすてるのは、
罪《つみ》ではないか？

「これはよく知《し》られた引用句《いんようく》で、最初《さいしょ》に言《い》ったのは、バタービイ司教《しきょう》で……。」

「おいおい！　ちょっと待《ま》ってくれ」と、チープサイドが口《くち》をはさみました。「今晩《こんばん》は、説教《せっきょう》なんて聞《き》く気分《きぶん》じゃねえぜ、牧師《ぼくし》さんよ。だけど、なんだって、アルフレッド大王《だいおう》のことなんかかぎまわってんだい？」

「ぼくの食《た》べ物《もの》地図《ちず》に記《しる》したいんだ。」

「で、食《た》べ物《もの》地図《ちず》ってのは、なんの役《やく》にたつんだ?」と、スズメは聞《き》きました。

「そりゃあもう、すごく便利《べんり》なんだよ」と、ガブガブ。「食《た》べ物《もの》の地理《ちり》は、ぼくの本《ほん》では、大切《たいせつ》な章《しょう》なんだ。食《た》べ物《もの》地図《ちず》は、その章《しょう》のかなめだよ。いくつか地図《ちず》をかいたけど、満足《まんぞく》できなくて、ぜんぶ捨《す》てちゃった。かきこみたいことをぜんぶ入《い》れるために小《ちい》さくかくのがすごくむずかしいんだ。地図《ちず》は、食《た》べ物《もの》の地理《ちり》だけじゃなくて、食《た》べ物《もの》の歴史《れきし》でも、とても役《やく》にたつはずなんだよ。食《た》べ物《もの》の歴史上《れきしじょう》の重大事件《じゅうだいじけん》が起《お》こった町《まち》ぜんぶを記《しる》したいんだ。たとえば、おばあさんが、焼《や》いている最中《さいちゅう》のケーキをアルフレッド大王《だいおう》に見《み》ていてもらっていたのに、アルフレッド大王《だいおう》がそれをこがしちゃった町《まち》とかね。そのほか、いろんな食《た》べ物《もの》で有名《ゆうめい》な町《まち》や国《くに》をぜんぶかきこみたいんだ。メルトン・モーブレイ・パイって有《ゆう》名《めい》なポーク・パイがあるけど、そのパイが生《う》まれたメルトン・モーブレイとかね。キャビアで有名《ゆうめい》なロシアのネヴァ川《がわ》、ソーセージで有名《ゆうめい》なヤーマス、そして、有名《ゆうめい》なバンベリー・ケーキ(レーズンやオレンジピールなどをはちみつや香辛料《こうしんりょう》で味《あじ》つけしてつつんだパイ)が作《つく》られたバンベリー。それって、ぼくらが子《こ》どものときに、こんなふうに歌《うた》ったと

ころだよ。

お馬《うま》さんに乗《の》って
バンベリー・クロスへ行《い》こう。
すてきなレイディが
白《しろ》い馬《うま》に乗《の》っているのを見《み》に。
指《ゆび》には指輪《ゆびわ》、
足《あし》には鈴《すず》つけて、
トラ、ラ、ラ。

ガブガブは、まるで音楽《おんがく》に合《あ》わせて拍子《ひょうし》をとるかのように、二本《ほん》の前足《まえあし》を宙《ちゅう》でふりながら歌《うた》いおえました。

「そのブタの足《あし》に鈴《すず》つけて、その鼻《はな》にわっかをはめるんじゃないの」と、ダブダブ。「まったくくだらないブタだわ！」

「だけど、そんな地図《ちず》、作《つく》ってどうしようってんだ？」と、チープサイド。

「どうしようだって！　だって、すっごく役《やく》にたつんだよ」と、ガブガブ。「いろんな食《た》べ物《もの》がどこで食《た》べられるかわかるんだ。ある朝起《あさお》きて、ゆったりと静《しず》かなバナナの週末《しゅうまつ》をすごしたいと思《おも》ったとするでしょ。だいじょうぶ。この地図《ちず》を見《み》て、中央《ちゅうおう》アメリカ行《い》きの船《ふね》に乗《の》ればいいんだ。まったくかんたんさ。」

「どういうことかわかったぜ、チープサイド」と、ジップが言《い》いました。「こいつ、こん立《だ》て表《ひょう》を時刻表《じこくひょう》のかわりにしようってんだ。切符売《きっぷう》り場《ば》へ行《い》って、一番上等《いちばんじょうとう》のプディングまでの切符《きっぷ》を、一等席《とうせき》でおねがいしますって言《い》やぁいいんだ。なるほど、かんたんだぜ。」

「ティー、ヒー、ヒー」と、白《しろ》ネズミがくすくす笑《わら》いました。

「だれもぼくの話《はなし》をまじめに聞《き》かないんだね」と、ガブガブは言《い》って、時計《とけい》を見《み》ました。

「つづきは、また今度《こんど》の夜《よる》にしよう。文献調査《ぶんけんちょうさ》の時間《じかん》だからね。本《ほん》を書《か》きに行《い》かなきゃ。」

そう言《い》うと、ガブガブはとてもえらそうに、書類《しょるい》をかき集《あつ》めて、部屋《へや》を出《で》ていきました。

第《だい》二夜《や》　小《こ》ブタの恋《こい》と小《こ》石《いし》のスープ

偉大《いだい》な食《た》べ物作家《ものさっか》は、食《た》べ物《もの》の芸術《げいじゅつ》に関《かん》する歴史《れきし》と発明《はつめい》について調《しら》べたことを語《かた》る。白《しろ》ネズミが、本《ほん》になにごとかをつけくわえる。

「さて、食《た》べ物発見《ものはっけん》の歴史《れきし》を語《かた》るに当《あ》たって」と、次《つぎ》の晩《ばん》に動物《どうぶつ》たちがだんろの前《まえ》に集《あつ》まったとき、ガブガブは言《い》いました。「大《おお》きな問題《もんだい》がある。多《おお》くの人《ひと》たちがこのことについて書《か》いてきたけれど、だれひとり真剣《しんけん》に書《か》いていないんだ。たんなる食《た》べ物好《ものず》きといってよい人《ひと》たちもいるし。それに、ほんとうのことだと信《しん》じられてきたことの多《おお》くが、ぼくの、そのう、調査《ちょうさ》では、ちっともほんとうじゃないとわかったんだ。たとえば、じゃがいも――すごく大切《たいせつ》な食《た》べ物《もの》だ――じゃがいもがなかったとしたら、いったいぼくらはどうなってしまうことか。」

「やせるだろうぜ」と、ジップがつぶやきました。

ガブガブは、ジップを無視《むし》して、くりかえしました。

「たとえば、じゃがいもだ。たいていの人《ひと》は、じゃがいもってのは、サー・ウォルター・ローリーが発見《はっけん》したと思《おも》ってる。ちがうんだ。ぜんぜんちがう。たしかに、一五八六年《ねん》にサー・ウォルターは、じゃがいもを初《はじ》めてアイルランドにもちこんだ。それ以来《いらい》、アイルランドじゃ、馬鈴薯《ばれいしょ》、ポテト、男爵《だんしゃく》イモなんていろんな呼《よ》ばれかたをして親《した》しまれてきた。だけど、最初《さいしょ》に発見《はっけん》したのはローリーじゃないんだ。彼《かれ》は、カロライナからもってきて、

自分《じぶん》の領地《りょうち》コークで育《そだ》てただけなんだ――やがて、コークのじゃがいもがアイルランドじゅうに広《ひろ》がったんだ。」

「ティー、ヒー、ヒー！」と、白《しろ》ネズミがくすくす笑《わら》いました。「コルクのじゃがいもだって！　ちゅごいや！　じゃあ、チチューのなかでプカプカうかんでくれるから、チュプーンでちゃがちゃなくてもよくなるね。」

「おやおや！」と、ガブガブは、ため息《いき》をつきました。「なんて多《おお》くのことを君《きみ》に教《おし》えなきゃいけないんだ、ホワイティ！　コークというのは、サー・ウォルター・ローリーが領《りょう》地《ち》をもっていたアイルランドの州《しゅう》のことだよ。」

「じゃあ、ほんとにじゃがいもを見《み》つけたのはだれなの？」

ぼくは聞《き》きました。

「ジョン・ホーキンズという冒険家《ぼうけんか》だよ」と、ガブガブ。

「一五六三年《ねん》に初《はじ》めてイギリスにじゃがいもをもってきたのは、ホーキンズなんだ。南《みなみ》アメリカの人《ひと》たちがふつうに食《た》べているのを見《み》つけたんだ。もっと正確《せいかく》に言《い》えば、

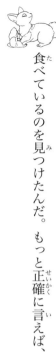

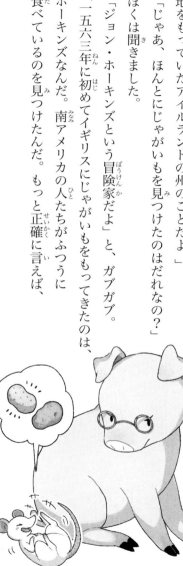

エクアドルのキトっていう町《まち》だ。それってふしぎなんだよね。だって、キトじゃ、じゃがいもをゆでるなんてできないもの。」

「どうして？」フクロウのトートーがたずねました。

「だって、キトって町《まち》は、アンデス山脈《さんみゃく》の上《うえ》のほう、ずっとずっと高《たか》いところにあるからね。山《やま》の上《うえ》じゃ、水《みず》はすぐふっとうして、じゃがいもがゆであがる前《まえ》に水《みず》は蒸発《じょうはつ》しちゃうんだよ。」

「ああ、そんな話《はなし》、聞《き》いたことあるね」と、かつてすごい旅《たび》をしたことがあるポリネシアはつぶやきました。

「どっちにしろ、じゃがいもなんてきらいだぜ」と、ジップはつぶやいて、深《ふか》いため息《いき》をつきながら、だんろのほうへ寝《ね》がえりを打《う》ちました。

「でもね、ジップ」と、白《しろ》ネズミ。「マッチュポテトにちてから、おろちチージュをたっぷりかけてオーブンで焼《や》いたの、食《た》べたことない？」

「それは、チーズポテトグラタンという料理《りょうり》だ」と、ガブガブがえらそうに言《い》いました。

「それから、野菜《やさい》の女王《じょおう》さま、パースニップを例《れい》にあげてみよう。植物学《しょくぶつがく》ではパスティナ

カ・サティヴァって学名《がくめい》で知《し》られてるよ。イギリスと、ヨーロッパじゅうと、温暖《おんだん》なアジアの道《みち》ばたに野生《やせい》で生《は》えてる。ローマ時代《じだい》から栽培《さいばい》されてきた。ウンベリフェロンをふくむから、いつも――」

「ふつうのことばを話《はな》してくれないか」と、ジップ。「ウンベリなんとかいう外国語《がいこくご》は、なんだい？」

「あら、気《き》にしなさんな」と、ダブダブがぴしゃりと言《い》いました。「この子《こ》はラテン語《ご》とかギリシャ語《ご》を知《し》っていると思《おも》ってもらいたがってるだけなのよ――このブタは、なにも知りませんよ、しりがでかいだけで。」

「失礼《しつれい》」と、ガブガブはアヒルのほうをむいて、ていねいに言《い》いました。「君《きみ》には、ブタの体型《たいけい》をとやかく言《い》う資格《しかく》はないよ。鳥《とり》ならまだしも、ブタのことは言《い》わないでほしいね。君《きみ》があの有名《ゆうめい》な美《うつく》しいパトリシア・プックリーちゃんを見《み》たことがあったらなあ。あのすがただって、君《きみ》なら美《うつく》しいと言《い》わないいんだろうね。」

「パトリシア・プックリーって、いったい、だれなんだい？」チーチーが口《くち》をはさみました。

「育《そだ》ちのいいおじょうさんブタさ」と、ガブガブ。「最高《さいこう》の家柄《いえがら》の出《で》なんだ。ああ、すっごいグラマー！　品《ひん》があって、美《うつく》しい曲線《きょくせん》をしているんだ！　バークシャー州《しゅう》の美《び》の女神《めがみ》って、いつも言《い》われてた。じつは、ぼく、」

と、ここで、偉大《いだい》な作家《さっか》は、むかしを思《おも》い出《だ》しながら、ほほえみました。

「すっかりほれてしまっていたんだ。彼女《かのじょ》と友《とも》だちでいると、すごくはげまされるんだ――本《ほん》を書《か》くのにってことだよ。作家《さっか》にひらめきをあたえる一番《いちばん》いい食《た》べ物《もの》はなにかって決《き》めるのに、ものすごく苦労《くろう》していたんだ。オリーブがいいという者《もの》もいる。でも、ぼくは、そうじゃないと思《おも》った。ぼくには合《あ》わなかった。」

「なにがいいの？」と、白《しろ》ネズミ。

「わからない」と、ガブガブ。「だけど、どんな作家《さっか》にも、これってものがあるんだ。口《くち》をはさまないでくれよ。さて、パトリシア・プックリーちゃんの話《はなし》にもどろう。彼女《かのじょ》は、作家《さっか》が仕事《しごと》をつづけるのに一番《いちばん》いい食《た》べ物《もの》を見《み》つけるのに、大《おお》いに力《ちから》になってくれた。彼《かの》女《じょ》のうちのサロンはとても有名《ゆうめい》でね、すごく上流《じょうりゅう》のブタしかそのパーティーに招待《しょうたい》されなかった。だれもが名前《なまえ》を知《し》っているような、ほんとになにごとかなしとげたえらいブタた

ちにかこまれて、彼女《かのじょ》がソファーでゆったりとしているのを見《み》るのは、目《め》の保養《ほよう》だったよ。
ぼくの本《ほん》にも彼女《かのじょ》のことをずいぶん書《か》いたんだ。彼女《かのじょ》も、食《た》べ物発見《ものはっけん》の歴史《れきし》で、名《な》を成《な》したからね。そうなんだ、食《た》べ物香水《ものこうすい》の発明者《はつめいしゃ》として将来《しょうらい》の研究者《けんきゅうしゃ》たちに知《し》られることになるだろうよ。ほんとの創始者《そうししゃ》だ。パーティーごとに、ちがった香水《こうすい》をつけてた。プルーンのジュースのときもあれば、キャラウェイシードのエッセンスのときもある。ナツメグや大麦《おおむぎ》スープのときもある。とくにすてきだったのは、バニラとワサビダイコンのミックスだった。とってもデリケートなにおいでね。だけど、この手《て》の発明《はつめい》で一番《いちばん》すごいものは、彼女《かのじょ》が結婚《けっこん》したときに発《はっ》

表《ひょう》したものだ。結婚式《けっこんしき》で使《つか》う新《あたら》しいにおいを考《かんが》え出《だ》そうとして、何日《なんにち》も徹夜《てつや》をしたんだ。つまり、小《ちい》さな花《はな》たばを――」

「でかい鼻《はな》を、だろ？」ジップがまた、うなって言《い》いました。

「小《ちい》さな花《はな》たばを、」と、ガブガブはつづけました。「これまで花嫁《はなよめ》が使《つか》ったことのないようなものにしたかったんだ。そしてとうとう、イタリア・ワスレナグサの花《はな》たばにした。」

「そんな花《はな》、聞《き》いたことないな」と、トートー。

「あのね、ほんとは花《はな》じゃないんだ」と、ガブガブ。「春《はる》になると生《は》えてくる長《なが》い青《あお》ネギのことなの。ほら、プックリーちゃんのいる最高級《さいこうきゅう》のブタの社交界《しゃこうかい》では、ネギなんて名前《なまえ》を使《つか》いたくないのさ。だから、イタリア・ワスレナグサって呼《よ》ぶことにしたんだ。それ以来《い らい》、すっかり広《ひろ》まって、ブタの結婚式《けっこんしき》じゃほとんどいつも使《つか》われてたよ。プックリーちゃんの結婚式《けっこんしき》は、とってもすばらしいものだった。たったひとつの失敗《しっぱい》は、たいした失敗《しっぱい》じゃないけど、新郎新婦《しんろうしんぷ》にお米《ライス》を投《な》げてやるというしきたりのところで、ライス・プディング（米《こめ》を牛乳《ぎゅうにゅう》で煮《に》こんで甘《あま》くしてかためたデザート）を投《な》げたお客《きゃく》がいたんだ。固《かた》いままのお米《こめ》よりも、料理《りょうり》してあったほうが新郎新婦《しんろうしんぷ》がよろこぶだろうって思《おも》ったらしいんだけ

どね。べっとべとになって、ちょっとひどかった。」
「このブタの思《おも》いつくことといったら」と、ダブダブが言《い》いました。「まったくもう――」ダブダブはあきれかえって羽《はね》をすくめると、それ以上《いじょう》なにも言《い》いませんでした。
「ぼくの食《た》べ物発見《ものはっけん》の歴史《れきし》についての章《しょう》は、」と、ガブガブ。「思《おも》ったよりずっと長《なが》くなった。なにしろ、新《あたら》しい食《た》べ物《もの》を初《はじ》めて見《み》つけた博物学者《はくぶつがくしゃ》や旅行者《りょこうしゃ》をぜんぶ書《か》きとめなきゃならなかったし、有名《ゆうめい》なパトリシア・プックリーちゃんのほかにも、食《た》べ物《もの》に関連《かんれん》したかしこいことを発見《はっけん》した者《もの》がずいぶんたくさんいるとわかったからだ。
たとえば、スープの温度計《おんどけい》を考案《こうあん》して初《はじ》めて使《つか》った男《おとこ》がいた。イヌイット（エスキモー）の長《おさ》でね。この紳士《しんし》が、カナダ総督《そうとく》に会《あ》いに南《みなみ》へまねかれたとき、オタワで歓迎《かんげい》パーティーやら食事会《しょくじかい》やらがたくさん開《ひら》かれた。そこで、食《た》べたこともない料理《りょうり》をたくさん食《た》べなければならなかったんだ。そのなかにあつあつのスープがあった。もちろん、北極圏《ほっきょくけん》では冷《つめ》たいものを食《た》べるのになれてた――アザラシの生肉《なまにく》とかそういうものをね。さて、スープはおいしかったけど、舌《した》をひどくやけどしてしまった。それというのも、いつになったら食《た》べられるほど冷《さ》めたかどうか、どうしてもわからなかったんだ。そんなある日《ひ》、あるところに温度計《おんどけい》がぶらさがっているのを見《み》つけて、これはなんだとたずねたんだ。温《おん》度《ど》を計《はか》る道具《どうぐ》だと教《おし》えてもらうと、男《おとこ》は考《かんが》えた。『ああ、こいつをスープに使《つか》えばいい』とね。そして、温度計《おんどけい》を――お風呂《ふろ》の温度計《おんどけい》だった――ひとつ買《か》って、パーティーに行《い》くときは、ひもにつけて首《くび》からぶらさげておいたんだ。それきり舌《した》をやけどすることはなく、しあわせにくらしましたとさ。」

ジップはうなりましたが、なにも言《い》いませんでした。

ガブガブは、自分《じぶん》の前《まえ》のテーブルに広《ひろ》げた紙《かみ》を何枚《なんまい》かめくりました。

「もうひとつ、すごい発明《はつめい》がある」と、その紙《かみ》のページをちらりと見《み》てから言《い》いました。「ジンジャークッキー（ショウガの入《はい》ったクッキー）の湿度計《しつどけい》だ。」

「湿度計《ちちゅどけい》ってなあに？」白《しろ》ネズミがたずねました。

「湿度計《しつどけい》とは、」と、ガブガブがメガネをはずしながら言《い》いました。「空気《くうき》がしめっているか、かわいているかを教《おし》えてくれる道具《どうぐ》だ。」

「イギリスじゃ、そんなのいらないね」と、ポリネシア。「いつだってじめじめしているんだから。いまいましい気候《きこう》だよ！　なつかしいアフリカじゃあ――まあ、いいわ。つづ

けなさいな、博士《はかせ》。」

「かつて、せきとか、風邪《かぜ》とか、ぜんそくとか、そういったものにひどく苦《くる》しんでいた男《おとこ》がいた。お医者《いしゃ》さんから、空気《くうき》がしめっているときは出歩《である》かないようにと言《い》われていたんだ。さて、ジンジャークッキーというのは、じめじめすると、しっけて、ふやけてくるのは知《し》っているね。パキンと割《わ》れずに、ぐにゃっと曲《ま》がってしまう。そこでこの男《おとこ》は、窓《まど》のところにジンジャークッキーをいつもおいておいて、毎朝《まいあさ》ためしたのさ。曲《ま》がったら、外《がい》出《しゅつ》しない。パキンと割《わ》れたら、お散歩《さんぽ》に出《で》るって具合《ぐあい》にね。」

「割《わ》れたクッキーはどうちたの？」白《しろ》ネズミがたずねました。

「食《た》べたよ」と、ガブガブ。「ジンジャークッキーはどっさりあったんだ。パン屋《や》さんだったからね。この話《はなし》はこれくらいにして、小石《こいし》スープの発明《はつめい》のお話《はなし》をしよう。

何年《なんねん》も前《まえ》に、ナポレオンがあちこちに戦争《せんそう》をしかけていたとき、ロシアで、とてもおなかをすかせた兵士《へいし》が、なにか食《た》べ物《もの》はないかと、ある農家《のうか》をたずねた。おうちには、おくさんしかいなくて、これまでにもたくさん兵士《へいし》がやってきて食《た》べ物《もの》をもっていかれたから、なにもありませんとすぐ答《こた》えた。そのままドアを閉《し》めて兵士《へいし》をなかへ入《い》れなかったんだ。

兵士《へいし》は外《そと》のひなたにすわって、考《かんが》えはじめた。兵士《へいし》は、家《いえ》のなかになにか食《た》べ物《もの》があるはずだ、どうやったらそれをもらえるのかなって考《かんが》えた。そしてふと、思《おも》いついたんだ。ドアをまたノックした。おくさんはドアをあけて、どこかへ行《い》ってくれないと、犬《いぬ》をけしかけるとおどした。

『失礼《しつれい》ですが、』と、兵士《へいし》は言《い》った。『お料理《りょうり》にご興味《きょうみ》をおもちですか？』

『ええ、まあ』と、おくさん。『料理《りょうり》するものがあればですけれど。』

『小石《こいし》スープというのを聞《き》いたことがありますか』と、兵士《へいし》。

『いいえ』と、おくさん。『ありません。』

『とてもおいしいんです』と、兵士《へいし》。『作《つく》りかたを教《おし》えてあげましょうか。』

『ええ、そうね』と、おくさん。『新《あたら》しい料理《りょうり》は知《し》りたいと思《おも》っていますから。』

つまり、おくさんの知《し》りたいって気持《きも》ちをかきたてて、小石《こいし》なんかでどうやっておいしいものができるんだろうと思《おも》わせたわけ。

そこで兵士《へいし》は荷物《にもつ》をおろして、目《め》の前《まえ》の庭《にわ》で両手《りょうて》にいっぱいの小石《こいし》をひろいあげた。それを台所《だいどころ》へもっていき、とてもていねいに土《つち》を洗《あら》い落《お》としたんだ。それからおなべを貸《か》してもらい、きれいな水《みず》と小石《こいし》を入《い》れて、台所《だいどころ》の火《ひ》にかけた。ときどきスプーンでかきまわしてね。少《すこ》し煮立《にた》ってきたら、味見《あじみ》をして、舌《した》つづみを打《う》ったんだ。

『ああ』と、兵士《へいし》。『おいしい！』

『私《わたし》にも味見《あじみ》をさせてちょうだい。』目《め》の前《まえ》でなにか魔法《まほう》が起《お》こったのだと思《おも》ったおくさんは言《い》った。

『少々《しょうしょう》お待《ま》ちを』と、兵士《へいし》。『塩《しお》と、こしょうが必要《ひつよう》です。』

そこでおくさんは、塩《しお》とこしょうをとってきて、兵士《へいし》がそれをスープに入《い》れた。兵士《へいし》はまた味見《あじみ》をした。

『よくなった』と、兵士《へいし》。『ですが、この料理《りょうり》を前《まえ》に作《つく》ったとき――モスクワへ入《はい》る直前《ちょくぜん》ですが――玉《たま》ねぎを少《すこ》し、味《あじ》つけのためにほんの少《すこ》しだけ入《い》れると、ずっとおいしくなったんです。お宅《たく》になにもないというのは、ざんねんですねえ。』

『あら、ちょっと待《ま》って』と、おくさん。『玉《たま》ねぎなら――

見落《みお》としてたのが、地下室《ちかしつ》にあるかもしれないわ。』

おくさんは、このふしぎな料理《りょうり》がどうなるのか知《し》りたかったので、玉《たま》ねぎぐらいのことでだめにしたくなかったんだ。おくさんは玉《たま》ねぎをとってきて、兵士《へいし》はそれをうすく切《き》っておなべに入《い》れた。すぐに兵士《へいし》は、また味見《あじみ》した。

『今度《こんど》はおいしいニンジンがあると、ずっとよくなるんですがねえ』と、兵士《へいし》。『一本《ぽん》だけでもあったらよかったのに！』

すると今度《こんど》はニンジンが出《で》てきて、おなべにくわえられた。兵士《へいし》は、また味見《あじみ》した。

『まちがいないですね』と、兵士《へいし》。『料理《りょうり》となると、ぼくは、プロ顔負《かおま》けだな。兵士《へいし》じゃなくて料理人《コック》さんになるべきでした。戦争《せんそう》が終《お》わったら、職業《しょくぎょう》を変《か》えるかもしれません。わかりませんよ。人《ひと》を殺《ころ》すより、おいしいものを食《た》べさせるほうがずっといいですからね！』

兵士《へいし》はまた、ちょっとすすりました。『よし』と、兵士《へいし》はスプーンをほうりだして言《い》いました。『思《おも》ったよりうまくいった。これは王《おう》さまにお出《だ》ししてもいいくらいの料理《りょうり》ですよ。でも、一流《いちりゅう》の料理人《コック》なら次《つぎ》にどうするかおわかりですか？』

『いいえ』と、おくさん。

『もう少《すこ》し味《あじ》つけをするんです――骨《ほね》です。スープは、今《いま》のままでも完《かん》ぺきです。しかし、ほんとにじょうずな料理人《コック》は、肉《にく》が少《すこ》しついた骨《ほね》を一本入《ぽんい》れます。あるいは二本《ほん》――どんなものでもいいんです。牛《うし》の骨《ほね》、子牛《こうし》の骨《ほね》、羊《ひつじ》の骨《ほね》――ただ味《あじ》つけのためだけですよ。いわゆるこくをつけるんです。いやはや、お宅《たく》に骨《ほね》がないのはざんねんです。でもしかたがありません。テーブルにお皿《さら》をならべてください。スープをよそいましょう。』

『お皿《さら》はその食器《しょっき》だなにあります』と、おくさん。『テーブルにならべてください。今思《いまおも》い出《だ》したんですけど、食料庫《しょくりょうこ》に古《ふる》い牛肉《ぎゅうにく》の骨《ほね》があるんです。取《と》ってきます。』

『ああ、それなら』と、兵士《へいし》。『おなべをもう少《すこ》し弱火《よわび》にかけておきましょう。小石《こいし》はまだじゅうぶんやわらかくなっていませんからね。』

そこで、おくさんはおいしい牛肉《ぎゅうにく》のついた骨《ほね》をとってきて、それがおなべのなかへ入《はい》りました。しばらくして兵士《へいし》は、スープの上《うえ》のほうからそっとお皿《さら》によそいました。そして、ふたりはテーブルについて、食《た》べてみました。おくさんは、とてもおいしいと思《おも》ったので、食料庫《しょくりょうこ》から黒《くろ》パンをとってきて、いっしょに食《た》べることにしました。食事《しょくじ》は大成功《だいせいこう》。数時間後《すうじかんご》、おくさんがお皿《さら》を洗《あら》うときになって、石《いし》がおなべの底《そこ》に、入《い》れたときと変《か》わらずに固《かた》いましずんでいるのを見《み》つけました。でも、そのころには兵士《へいし》は次《つぎ》の町《まち》へむかってずっと遠《とお》くへ行《い》ってしまっていて、その町《まち》には食《た》べ物《もの》がたくさんあったというわけさ。」

「ふん」と、チーチー。「そのおくさんは、あんまり頭《あたま》がよくないね？」

「うん」と、ガブガブ。「でも、この兵士《へいし》は、頭《あたま》がよかったよ。」

「そんな話《はなし》、どこから仕入《しい》れてきたんだい？」と、トートー。

「図書館《としょかん》だよ――調《しら》べものをしたんだ」と、ガブガブ。「でも、今日《こんにち》にいたるまで、ロシアではまだこの話《はなし》が話《はな》されてるそうだよ。ほんとの話《はなし》だと言《い》われてる。」

「あんたが時間《じかん》をむだにしているのは、まったくざんねんね」と、ダブダブ。

白《しろ》ネズミは、両《りょう》の前足《まえあし》でその長《なが》くきらきら光《ひか》るひげをひねくりまわしました。そのピンク色《いろ》の目《め》には、考《かんが》えぶかそうなようすが見《み》えました。

「わからないけど」と、やがて白《しろ》ネズミは言《い》いました。「本《ほん》を書《か》くのって、ちゅごくおもちろいんだね。ぼくも自分《じぶん》の本《ほん》を書《か》きたいな。でも、ぼくに書《か》けるのは、チージュをめぐる短編《たんぺん》だけだ。ちょれじゃ、ネズミ以外《いがい》の読者《どくちゃ》には、ちゅまらないだろうな。ガブガブ、ぼくのこと、君《きみ》の本《ほん》に書《か》いてくれない？」

「どうして？」

「あのね」と、白《しろ》ネズミ。「ぼくも食《た》べ物《もの》の発明《はちゅめい》をちたことがあるんだ。今思《いまおも》い出《だ》ちた。」

「なにを発明《はつめい》したの？」

「まあ、ぼくが発明《はちゅめい》ちたっていうより、ぼくが発明《はちゅめい》ちょのものだったっていう感《かん》じなんだけど。ぼくは——ちょのう——お豆選手《まめちぇんちゅ》だったんだ。」

「なんだって？」ジップが、顔《かお》をしかめて、だんろのほうから顔《かお》をあげてたずねました。

「お豆選手《まめちぇんちゅ》」と、小《ちい》さな声《こえ》で白《しろ》ネズミは、くりかえしました。「ずっとむかちに話《はな》ちたけど、ドリトル先生《ちぇんちぇい》のおうちに住《ちゅ》むようになる前《まえ》、ぼくはペットのネズミだったことがあるんだ。八才《ちゃい》の男《おとこ》の子《こ》に飼《か》われてたんだ。ごはんにエンドウ豆《まめ》が出《で》るたびに、ちょの子《こ》は、エンドウ豆《まめ》が大好《だいちゅ》きなのに、いちゅもこぼちてばっかりいた。チュプーンじゃなくてナイフにのっけて口《くち》に運《はこ》ぼうとちゅるんだ。お豆《まめ》はこぼれて、ちょこいらじゅうにころがっちゃう。ちょれでおかあちゃんとおとうちゃんにちかられてた。ふんじゅけてカーペットに入《はい》りこんじゃうのがいやだったんだよ。

ちょこで、この子《こ》は、いちゅもぼくをポケットに入《い》れて食卓《ちょくたく》に連《ちゅ》れてきたんだ。ちょちて、こぼれたお豆《まめ》を追《お》いかけて食《た》べちゃちぇたの。大《おお》いちょがちだったよ。だって、お豆《まめ》って、とんでもないところへ入《はい》りこむからね。ピアノの下《した》とか、ネズミの穴《あな》のなかとか、大《おお》きな柱時計《はしらどけい》の下《した》とか、あちこち。ちょの子《こ》は、お豆競争《まめきょうそう》って呼《よ》んでた。だから、やったのはぼくだけど、発明者《はつめいしゃ》とちてはあの子《こ》の名前《なまえ》を書《か》かなきゃね。残《のこ》ちゃずお豆《まめ》をつかまえたら、ごほうびに夕飯《ゆうはん》にチージュのおまけをもらえたんだ。だけど、あの子《こ》、こぼちゅのがじょうずでね。たくちゃんのお豆《まめ》をぜんぶ食《た》べおわると、もうチージュを食《た》べたいなんて思《おも》わなかった。ぶくぶく太《ふと》っちゃったよ。エンドウ豆《まめ》の季節《きせつ》になると、ぼくはお豆《まめ》と同《おな》じぐらいころころころがっちゃうほど、まんまるくなってたんだ。ちょれ、本《ほん》に書《か》いてくれない、ガブガブ？」

「ああ、そうだね」と、偉大《いだい》な作家《さっか》は言《い》いました。

「とても重要《じゅうよう》な話《はなし》だと思《おも》うよ。もちろん、書《か》こう。」

「書《か》くんですか？」ダブダブは、うんざりして鼻《はな》を鳴《な》らしました。

第三夜《だいさんや》　勇《いさ》ましきトマト戦争物語《せんそうものがたり》

サラダ・ドレッシング博士《はかせ》は、ある記念日《きねんび》について話《はな》したあと、みんなに“トマト戦争《せんそう》”の話《はなし》を語《かた》る。

ガブガブが次《つぎ》に作家《さっか》による朗読《ろうどく》をみんなにしてあげたとき、おうちのまわりでは北風《きたかぜ》がふきすさんでいました。チーチーはアフリカ生《う》まれなので、イギリスの気候《きこう》はかなりつらかったようです。同《おな》じアフリカ出身《しゅっしん》のポリネシアは文句《もんく》ばかり言《い》っていましたが、チーチーはポリネシアのように文句《もんく》を言《い》うことはありませんでした。そのかわりに、じょうずにたきぎを集《あつ》めて、だんろの火《ひ》のめんどうをよく見《み》ました。この元気《げんき》な小《こ》ザルは、ドリトル先生《せんせい》の庭《にわ》の木々《きぎ》にのぼって、かれた枝《えだ》をぜんぶとってきたものでした。また、落《お》ちた枝《えだ》を集《あつ》めて、散歩道《さんぽみち》やしばふをきれいにしました。その枝《えだ》を台所《だいどころ》のだんろのそばの箱《はこ》にきちんとしまいました。

今晩《こんばん》も、チーチーは、陽気《ようき》な火《ひ》を威勢《いせい》よく燃《も》やしてくれていました。しかし、それでも、ぼくが重《おも》たいカーテンを窓《まど》に引《ひ》いて、みんながだんろの前《まえ》でぎゅっと身《み》をよせあうまでは、部屋《へや》はあまりに寒《さむ》くてやりきれませんでした。

偉大《いだい》なブタの作家《さっか》ガブガブが部屋《へや》に入《はい》ってきたとき、彼《かれ》がむかし『パドルビー・パントマイム』で演《えん》じたときの衣装《いしょう》の一部《いちぶ》である古《ふる》い緑《みどり》の上着《うわぎ》を着《き》ていることに、ぼくらは気《き》づきました。かつては上着《うわぎ》のボタン穴《あな》にカーネーションやゼラニウムの花《はな》をさして、かっこ

いい都会《とかい》ブタを気《き》どっていました。ところが、今晩《こんばん》は、かつての人気役者《にんきやくしゃ》は、花《はな》のかわりに、赤《あか》い絹《きぬ》のリボンをつけていました。

「そのかざり、なんだい、博士《はかせ》?」ロンドン・スズメのチープサイドが、たずねました。

「これはね、」ガブガブは、テーブルにつきながら言《い》いました。「記念日《きねんび》のお祝《いわ》いだよ。」

「えっと」と、チープサイド。「今日《きょう》は九月《がつ》三日《みっか》だけど――いや、ちょいと待《ま》ってくれよ、当《あ》ててやろう――いや、やっぱりわからねえや。なんの記念日《きねんび》だい?」

「今日《きょう》は、ヨークシャー・プディングの記念日《きねんび》なんだ」と、ガブガブ。

「ばかなことを聞《き》いちまったな、チープサイド。」ジップは、うなりました。

「偉大《いだい》な記念日《きねんび》には、かざりを身《み》につけなくちゃね。」

ガブガブは、メガネごしにジップを見《み》ながら言《い》いました。

「何年《なんねん》も前《まえ》に、あの偉大《いだい》なる名物《めいぶつ》ヨークシャー・プディングが発明《はつめい》され、初《はじ》めてイギリスの食卓《しょくたく》にのせられて以来《いらい》、教育《きょういく》ある食事者《しょくじしゃ》は赤《あか》いリボンをつけてその日《ひ》を祝《いわ》うのさ。とっても重要《じゅうよう》

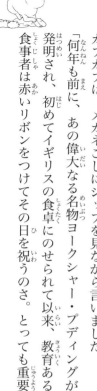

な歴史的《れきしてき》な日《ひ》だよ。ばかにするなら、なんで聞《き》いたんだい？　結局《けっきょく》のところ、ぼくはいっしょうけんめい、君《きみ》たちの不《ふ》たしかな知識《ちしき》をたしかなものにしているんじゃないか。」

「おれたちのブタしかな知識《ちしき》を、だろ？」とジップ。「うまいメシが好《す》きだってことにかけちゃ、だれにも負《ま》けないつもりだがね。だけど、おまえさんがなんだって食《く》い物《もの》のことばかりそんなに書《か》いたり話《はな》したりできるのか、わけがわからねえや。」

偉大《いだい》な作家《さっか》は、がまんづよい学校《がっこう》の先生《せんせい》のように、うんざりしたようすを見《み》せながら、メガネをとって、テーブルの上《うえ》の自分《じぶん》の書類《しょるい》たばのとなりにおきました。

「いいかい、食《た》べることが大切《たいせつ》ではないかのようなふりをしてなんの意味《いみ》があるだろうか。」

「そいつぁ、博士《はかせ》の言《い》うとおりだぜ」と、チープサイド。「食《く》いもんがなけりゃ、やっていけねえもんな。『兵隊《へいたい》は胃《い》ぶくろで進《すす》む』って言《い》ったのは、ナポレオンだったっけ？」

「それで、ラクダは遠《とお》くまで進《すす》むんだね」と、チーチー。「ラクダって、胃《い》ぶくろがふたつあったよね？　それとも、ほかの動物《どうぶつ》だったっけ？」

「ティー、ヒー、ヒー！」白《しろ》ネズミが笑《わら》いました。「おなかがふたちゅだって！　おもち

ろいね！　だけど」と、白《しろ》ネズミは急《きゅう》にまじめになって、つけくわえました。「ひょっとちゅると、ちょんなによくないかもしれないよ。ふたちゅのおなかがいっぺんに痛《いた》くなったら、あらら！　どうちゅる？」

「でも、忘《わす》れないでくれたまえ、友《とも》よ」と、ガブガブ。「ひとつのおなかがこわれても、ふたつあれば、もうひとつのおなかでやっていけるんだ。それにしてもわからないかな。」

ガブガブは、だんろの前《まえ》でうとうとしていたジップにむかって、大《おお》きな羽根《はね》ペンをふりながら言《い》いました。「食《た》べ物発見《ものはっけん》の物語《ものがたり》は、人類《じんるい》の歴史《れきし》であり、じつのところ、動物王国全《どうぶつおうこくぜん》体《たい》の歴史《れきし》なんだよ。ドリトル先生《せんせい》に聞《き》いてごらん。地理《ちり》だってそうさ。いろんな民族《みんぞく》が今《いま》住《す》んでいるところにどうしておちつくようになったと思《おも》う？　食《た》べたいものがそこで手《て》に入《はい》ったからさ。あるいは、その食《た》べ物《もの》をほしがったほかの民族《みんぞく》におしのけられたのさ。」

ガブガブは立《た》ちあがって、聞《き》いているみんなにむかって羽根《はね》ペンをいっそう大《おお》きくふりました。

「紳士淑女《しんししゅくじょ》のみなさん、歴史上《れきしじょう》の大戦争《だいせんそう》の多《おお》くは、パンを作《つく》る小麦《こむぎ》、おかゆを作《つく》るオートミール、あるいは羊《ひつじ》やヤギを育《そだ》てるのに最上《さいじょう》の草《くさ》が生《は》える土地《とち》をうばいあって起《お》こったのです。羊《ひつじ》の毛《け》は、人々《ひとびと》をあたたかくする服《ふく》を作《つく》るのに使《つか》われ、ヤギのミルクを飲《の》んで人々《ひとびと》は飢《う》えをしのぎました。でも、とにかく草《くさ》がなけりゃ、やっていけなかったんです。

食《た》べ物《もの》だ！　そして飲《の》み水《みず》だ——それもまた、結局《けっきょく》、食《た》べ物《もの》の一種《いっしゅ》です。何百年《なんびゃくねん》にもわたって、部族同士《ぶぞくどうし》が、井戸《いど》や川《かわ》をうばいあったのは、それがないと生《い》きていけないからです。飢饉《ききん》——つまりなにも食《た》べるものがないために、地上《ちじょう》から消《き》えてしまった国民《こくみん》もいました。巨大《きょだい》な王国《おうこく》も、台所《だいどころ》がからっぽになると、ぐらついて倒《たお》れてしまいます。すごい帝《てい》国《こく》が権力《けんりょく》をにぎって栄光《えいこう》にかがやいたのは、おなかがいっぱいだったからです。ぼくが書《か》いてるこの本《ほん》を読《よ》めばわかることは、紳士淑女《しんししゅくじょ》のみなさん、この世《よ》には、食《た》べ物《もの》より重要《じゅうよう》なものはなにひとつないってことなんです。」

ブタの作家《さっか》は、自分《じぶん》のいすに深《ふか》くこしかけました。まるで、自分《じぶん》の長《なが》い演説《えんぜつ》の真剣《しんけん》さと、食《た》べ物《もの》の大切《たいせつ》さにうちのめされたように。

「今《いま》、ヤギのミルクのこと、言《い》ってたかい？」ジップがねむそうにつぶやきました。「ひでえもんだぜ。飲《の》めたもんじゃない。」

「おめえの言《い》うことは悪《わる》かねえ、ガブちゃんよ——だいたいのところはね」と、チープサ

イドは、陽気《ようき》にさえずりました。「食《く》いもんがなきゃやってけねえってことは、だれだって認《みと》めるさ。だけど、ジップが言《い》ったのは、なんだって、年《ねん》がら年《ねん》じゅう食《く》いもんの話《はなし》ばっかりしてるのかってことだよ。」

「いいじゃないか」と、ガブガブ。「悪《わる》いことじゃない。」

「そりゃまあな」と、チープサイド。「講義《こうぎ》をつづけりゃいいや、ぶうぶう博士《はかせ》。」

「ぶうぶうとか呼《よ》ばないでくれたまえ」と、ガブガブはいらいらと言《い》いました。「ぼくには由緒正《ゆいしょただ》しい家系《かけい》があるんだ。とても長《なが》くつづいた家柄《いえがら》なんだ。」

「ちっぽはみじかいのに、家柄《いえがら》は長《なが》いんだ！　ティー、ヒー、ヒー！」白《しろ》ネズミは自分《じぶん》のじょうだんにケタケタ笑《わら》いころげました。

「ふん」と、ジップがうなりました。「おれは、長《なが》い家柄《いえがら》のブタになるより、胴体《どうたい》の短《みじか》いフォックス・テリアになりてえな。」

「だから君《きみ》はものを知《し》らないんだよ」と、ガブガブ。「むかしの騎士《きし》は、楯《たて》やかぶとに、イノシシの首《くび》をかいて得意《とくい》になっていたんだぞ。」

「イノチチってなあに？」と、白《しろ》ネズミがたずねました。

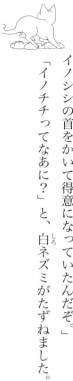

「おしゃべりなブタのことさ」と、ジップはうなりました。

「気《き》にすんな、博士《はかせ》」と、チープサイド。「こいつは、ふざけたことを言《い》いたいだけさ。」

「さて」と、偉大《いだい》な作家《さっか》は言《い》いました。「みんな、バラ戦争《せんそう》のことを聞《き》いたことがあるね――一方《いっぽう》がランカスター家《け》の白《しろ》バラを身《み》につけ、その敵《てき》がヨーク家《け》の赤《あか》バラをつけて、戦《たたか》ったんだ。」（ほんとは、赤《あか》バラをつけたのはランカスター家《け》で、白《しろ》バラをつけたのはヨーク家《け》でした。）

「あたしが生《う》まれるちょいと前《まえ》だったね。話《はなし》は聞《き》いたことがあるよ。」ものすごく長生《ながい》きのポリネシアが言《い》いました。

「よろしい」と、ガブガブ。「でも、トマト戦争《せんそう》って聞《き》いたこと、あるかい？　ない？　じゃあ、話《はな》してあげよう。」

白《しろ》ネズミは、自分《じぶん》の長《なが》くてつやつやしたひげをまたみがいて、こしをおちつけて、聞《き》き耳《みみ》を立《た》てました。

「トマト戦争《ちょんちょう》だって！　おもちろちょう。」白《しろ》ネズミは、くすくす笑《わら》いました。

「ある国《くに》では、」と、ガブガブは、はじめました。「むかし、クリスマスのお料理《りょうり》に、トマ

トをつめたガチョウの丸焼《まるや》きを出《だ》したんだ。ずうっとむかしから、それがその国《くに》の風習《ふうしゅう》となってたんだよ。人々《ひとびと》は、人《ひと》が空《そら》を飛《と》ぶなんてありえないと思《おも》うように、トマトをつめたガチョウの丸焼《まるや》きなしでクリスマスをすごすなんてありえないと思《おも》っていた。その美《うつく》しく平和《へいわ》な国《くに》の、陽《ひ》のあたる山《やま》では、クリスマスのガチョウにつめるために、上等《じょうとう》なまんまるの赤《あか》いトマトが育《そだ》てられていた。そして、ある不幸《ふこう》な日《ひ》に、ひとりの庭師《にわし》がとなりの国《くに》からやってこなければ、そのしあわせで素朴《そぼく》な人《ひと》たちは、なにごともなくくらしていたはずだったんだ。

その庭師《にわし》は、もともと悪《わる》い人《ひと》じゃなかった。よかれと思《おも》ってやったことが、とんでもないめいわくを引《ひ》き起《お》こしてしまったんだよ。男《おとこ》は、自分《じぶん》は野菜《やさい》やくだものの新種《しんしゅ》を育《そだ》てるプロだと思《おも》っていた。そして、新《あたら》しいトマトをもってきたんだ。それは黄色《きいろ》いトマトだった。つまり、熟《じゅく》したときに、黄色《きいろ》いんだ。そして、これこそが最新流行《さいしんりゅうこう》のトマトだと、みんなに言《い》った。黄色《きいろ》いトマトが手《て》に入《はい》るのに、古《ふる》くさい赤《あか》いトマトなんて食《く》うもんじゃな

いと言《い》ったんだ。そして、世《よ》の中《なか》の人《ひと》っていうのは、外国《がいこく》からやってきた、めずらしいもののほうが、それまであったものよりもいいって思《おも》っちゃうもんなんだ。

そこで、お金持《かねも》ちの家《いえ》では黄色《きいろ》いトマトを育《そだ》てはじめた。やがて新《あたら》しい流行《りゅうこう》が広《ひろ》がって、どこもかしこも黄色《きいろ》いトマトを育《そだ》てるようになった。クリスマスになると、ガチョウの肉《にく》には、赤《あか》いトマトではなく黄色《きいろ》いトマトがつめられたんだ。

でも、どこの国《くに》にも、保守派《ほしゅは》と呼《よ》ばれる人《ひと》がいるでしょ。つまり、古《ふる》いやりかたを守《まも》ろうとする人《ひと》たちのことだよ。そして、その国《くに》の保守派《ほしゅは》は、クリスマスのガチョウに新《あたら》しいものがつめられるのがいやだったの。保守派《ほしゅは》は、市場《いちば》で演説《えんぜつ》をしたよ。善良《ぜんりょう》な市民《しみん》たちに呼《よ》びかけて、黄色《きいろ》いトマトに反対《はんたい》するように訴《うった》えたんだ。これまで赤《あか》いトマトでやってきたのだから、これからも、将来《しょうらい》の子《こ》どもたちの時代《じだい》も、赤《あか》いトマトでいいはずだ。国境《こっきょう》をこえて入《はい》りこんできたのは、外国《がいこく》の悪《あ》しき習慣《しゅうかん》である。これ以上《いじょう》黄色《きいろ》いトマトが広《ひろ》がるのをゆるしてたら、愛《あい》すべき祖国《そこく》はすっかり変《か》わってしまうだろう。国《くに》はほろびてし

まう。夫婦《ふうふ》げんかは犬《いぬ》も食《く》わないというけど、そんな国《くに》は犬《いぬ》も食《く》わない。」

「そんなもの食《く》うかよ」と、ジップは鼻《はな》を鳴《な》らしました。「だいいち、トマトなんか大《だい》きらいだ。」

ガブガブは羽根《はね》ペンを上《うえ》にあげて静《しず》かにするように求《もと》め、話《はなし》をつづけました。

「一方《いっぽう》、金持《かねも》ちの人間《にんげん》たちは——古《ふる》い家柄《いえがら》の人間《にんげん》たちではなく、最近金持《さいきんかねも》ちになったばかりの人間《にんげん》たちは、流行《りゅうこう》の最先端《さいせんたん》をいってると思《おも》われたがっていたので——ガチョウに黄色《きいろ》いトマトをつめるのが気《き》に入《い》ってたんだ。やがて、その人《ひと》たちも町角《まちかど》に立《た》って、みんなに演説《えんぜつ》をした。たいへんなさわぎとなった。国《くに》がふたつに分《わ》かれたんだ。あちこちで議論《ぎろん》が起《お》こり、けんかがつづいた。政府《せいふ》はひっくりかえり、大臣《だいじん》たちは仕事《しごと》を失《うしな》った。この問題《もんだい》をめぐってとんでもない事件《じけん》が起《お》きてしまい、決着《けっちゃく》はつきそうになかった。とうとうほんとに戦争《せんそう》になった。最悪《さいあく》の内戦《ないせん》だよ。同《おな》じ国《くに》の人々《ひとびと》が互《たが》いに戦《たたか》いあうんだ。」

「たくちゃん人《ちと》が死《ち》んだの？」と、白《しろ》ネズミがおし殺《ころ》した声《こえ》で、小《ちい》さく聞《き》きました。

「いいや」と、ガブガブ。「不幸中《ふこうちゅう》の幸《さいわ》いでね。歴史上死者《れきしじょうししゃ》の出《で》なかった戦争《せんそう》はこの戦争《せんそう》以外《いがい》なかったんじゃないかな。というのも、〝トマト戦争《せんそう》〟はまったく特別《とくべつ》だったんだ。

おそろしく長《なが》いあいだつづいて、何回《なんかい》もクリスマスがすぎた——いったい終《お》わるのかしらとも思《おも》われたほどだったけど——だれひとり死《し》ななかったんだ。それというのも、鉄砲《てっぽう》の弾《たま》や大砲《たいほう》の弾《たま》のかわりにトマトを使《つか》ったからなんだ。一方《いっぽう》は黄軍《きぐん》、反対《はんたい》がわは赤軍《あかぐん》と呼《よ》んだんだよ。

でも、この戦争《せんそう》で一番特別《いちばんとくべつ》だったのは、赤《あか》軍《ぐん》が黄色《きいろ》いトマトを投《な》げて、黄軍《きぐん》が赤《あか》いトマトを投《な》げたことかな。相手《あいて》がいいと思《おも》っているトマトを投《な》げつけたほうが、相手《あいて》をばかにすることになるんじゃないかと思《おも》ったんだね。」

「で、どっちが勝《か》ったの？」チーチーがたずず

ねました。

「ああ、黄軍《きぐん》だよ」と、ガブガブ。「黄軍《きぐん》はようやく赤軍《あかぐん》を高《たか》い山《やま》にはさまれた急《きゅう》な谷《たに》に追《お》いつめたんだ。そこで、川《かわ》の土手《どて》の上《うえ》から、文字《もじ》どおり、トマトを山《やま》と投《な》げ入《い》れて、赤軍《あかぐん》が助《たす》けを求《もと》めるまで投《な》げ入《い》れて、息《いき》もできないほどにしたんだ。こうして和平《わへい》が結《むす》ばれた。だけど、戦争《せんそう》が終《お》わったあとも、赤《あか》い汁《しる》のせいで川《かわ》には赤《あか》い水《みず》が流《なが》れつづけたそうだよ。」

「じゃ、ちょのあとは、お肉《にく》のちゅめものに黄色《きいろ》いトマトが使《ちゅか》われたんだね？」白《しろ》ネズミがたずねました。

「そうじゃない」と、ガブガブ。「戦争《せんそう》が終《お》わってみると、もうこの国《くに》にはトマトが残《のこ》っていなかったんだ。このおそろしい戦争《せんそう》でぜんぶ使《つか》いきってしまったんだね。次《つぎ》のクリスマスからその後《あと》ずっと、かわりに玉《たま》ねぎがガチョウ肉《にく》につめられたんだ。」

「ふうん！」と、チープサイド。「どろどろな話《はなし》じゃねえか、博士《はかせ》――だけど、戦争《せんそう》なんてどれもこれも、どろどろだもんな。そんな戦争《せんそう》して手《て》に入《はい》るものといったら、せいぜい、谷《たに》いっぱいのケチャップぐらいなもんだろ。やれやれ！」

「ああ、だけど野菜《やさい》がだめになっちゃうなんて」と、ガブガブは悲《かな》しげに頭《あたま》をふりながら言《い》いました。「トマトが全滅《ぜんめつ》したんだよ！　すっかりおじゃんさ。ひどい、ひどすぎる！」

「気《き》にしないことだよ」と、チーチーは、だんろにもう一本《いっぽん》たきぎを入《い》れながら言《い》いました。「ぼくの大好《だいす》きなココナッツのことで戦争《せんそう》をしないでくれて、ほんとよかったよ。ココナッツがなくなっちゃったら、悲《かな》しすぎるもの。」

第《だい》四夜《や》　名《めい》探《たん》偵《てい》シャーベット・スコーンズの事《じ》件《けん》簿《ぼ》

ガブガブは自分《じぶん》の食《た》べ物百科事典《ものひゃっかじてん》にどんなことが書《か》いてあるか説明《せつめい》してから、有名《ゆうめい》な「食《た》べ物《もの》のミステリー」の物語《ものがたり》をはじめる。

「話《はなし》をはじめる前《まえ》に、博士《はかせ》」と、チープサイドが言《い》いました。「だいたいのところを説明《せつめい》してくれねえかな。つまり、そのすげえ百科事典《ひゃっかじてん》とかいうもんに、なにが書《か》いてあるのか。歴史《れきし》とか地理《ちり》とかのほかによ？」

「そりゃあ、いろんなことが書《か》いてあるよ」と、ガブガブ。「食《た》べ物《もの》の詩《し》の章《しょう》もあるし、食《た》べ物《もの》の音楽《おんがく》、食《た》べ物《もの》の寓話《ぐうわ》や童謡《どうよう》の章《しょう》もある。『キツネとすっぱいブドウ』のお話《はなし》や、『熱《あつ》いプラム・プディングに冷《つめ》たいプラム・プディング』っていう歌《うた》や『マフェットちゃんとヨーグルト』っていう歌《うた》もある。童謡《どうよう》で歌《うた》われる『小《ちい》さなジャック・ホーナー』の、初《はじ》めて明《あ》かされるほんとうのお話《はなし》とかね。それから食《た》べ物《もの》の恋物語《こいものがたり》。これは何《なん》ページにもなる長《なが》い話《はなし》だ。とりわけ、有名《ゆうめい》な料理人《コック》の恋物語《こいものがたり》とか、有名《ゆうめい》な英雄《えいゆう》の食生活《しょくせいかつ》とかが書《か》いてある。それから、食《た》べ物《もの》ファンタジーの章《しょう》がある。でも、内容《ないよう》はちょっと高級《こうきゅう》だよ。想像《そうぞう》力《りょく》がたっぷりなきゃ――それと、そのう、きちんと理解《りかい》する心《こころ》がなきゃダメだ――純粋《じゅんすい》な食《た》べ物《もの》ファンタジーは、とても変《か》わっているからね。食《た》べ物《もの》おとぎばなしもそうだよ。ああ、ほかにも、もっといろいろある。食《た》べ物推理小説《ものすいりしょうせつ》、料理犯罪《りょうりはんざい》、台所《だいどころ》ミステリー、それから食《た》べ物喜劇《ものきげき》、食《た》べ物悲劇《ものひげき》。ぼく、食《た》べ物《もの》シェイクスピアも、はじめたんだよ。」

「なんてこと」と、ダブダブは、あえぎました。「ずうずうしいにもほどがある。こんな身《み》のほど知《し》らずな話《はなし》、聞《き》いたことがないわ。食《た》べ物《もの》シェイクスピアですって！　どうしようっていうの――あの戯曲《ぎきょく》を、シェイクスピアにかわって書《か》きなおそうっていうつもり？」
「えっと、あの、そういうわけじゃないけど」と、ガブガブ。「でもね、それで若《わか》い人《ひと》たちが本《ほん》を読《よ》むようになると思《おも》うんだよ。若《わか》いブタは、なおさらさ。若《わか》いブタがおもしろいと思《おも》えるような学問《がくもん》ってほとんどなされていないだろ。ドリトル先生《せんせい》だってブタ用《よう》のアルファベットを作《つく》ってくださったけど、ブタはあんまりまじめに読書《どくしょ》をしてないもの。ウィリアム・シェイクスピアの作品《さくひん》は――ぼくの百科事典《ひゃっかじてん》では〝シェイクスプーン〟って呼《よ》ぶことにしているけど――教育《きょういく》にはとても大切《たいせつ》でしょ。だから、その戯曲《ぎきょく》のなかに、もうちょっと食《た》べ物《もの》を入《い》れて――あちこちのことばをおきかえて――やれば、そしたら、若《わか》いブタは、よい本《ほん》をちゃんと味《あじ》わえるようになるんじゃないかな。」
「本《ほん》を食《く》ったヤギを知《し》ってるけど」と、チープサイドが言《い》いました。「だけど、たいしてうまくなかったらしいぜ。一番《いちばん》うまかったのは、安物《やすもの》の雑誌《ざっし》だったってさ。おめえの新《あたら》しいシェイクスピアってのを、ちょいと読《よ》んでみてくれよ、ガブさんよ。」

「えっと、まだちゃんと書《か》いてないんだ」と、ガブガブ。「ほんの少《すこ》し引用《いんよう》してみるね。そしたら、ぼくがどんなことをしようとしてるかわかると思《おも》うから。」

ガブガブは自分《じぶん》のノートのページをめくりました。

「ああ、ここだ」と、すぐにガブガブは言《い》いました。「これは『マクベス』っていう悲劇《ひげき》からの引用《いんよう》だよ。『さあ、来《こ》い、プラムダフ。先《さき》に「もう、いっぱいだ」とさけんだほうが、おなかの皮《かわ》がやぶれるのだ。』ほんの少《すこ》ししか変《か》えていないのがわかるでしょ。もうひとつ。これは『ローリーポーリーとジュリエット』っていう美《うつく》しい恋愛劇《れんあいげき》からの引用《いんよう》だよ。『おお、ローリー、おお、ポーリー、どうしてあなたは、おいしいローリーポーリーなの？　おだんごだって、ほかの名前《なまえ》で呼《よ》ぼうとも、甘《あま》い味《あじ》は変《か》わらない。』ね、すてきでしょ？」

「ちょっと小麦粉《こむぎこ》っぽいな。『おお』ってさけびすぎなような気《き》もするけど」と、チープサイド。「でも、だいたい

わかったよ。じゃあ、さっき言《い》ってた食《た》べ物《もの》推理小説《すいりしょうせつ》ってのを、教《おし》えてくれよ。」

「ちょうだよ、べちゅの食《た》べ物《もの》のお話《はなち》がいいよ」と、白《しろ》ネズミ。「小石《こいち》のチュープのお話《はなち》、おもちろかった。チージュのお話《はなち》はないの？」

「推理小説《すいりしょうせつ》のなかには、ない」と、ガブガブ。「シリーズ、つまり、同《おな》じ登場人物《とうじょうじんぶつ》というか同《おな》じ人《ひと》がどのお話《はなし》にも出《で》てくるつづきものになっているんだけど、主人公《しゅじんこう》はシャーベット・スコーンズという男《おとこ》なんだ。〝アイスボックス探偵《たんてい》〟って名《な》で有名《ゆうめい》になった男《おとこ》でね。どの話《はなし》でも事件《じけん》を解決《かいけつ》しに行《い》くんだ。」

「ふん、」と、ダブダブがにくまれ口《ぐち》をたたきました。「行《い》ってしまって帰《かえ》ってこなきゃいいのよ。私《わたし》は会《あ》いたくないもの。」

「とっても頭《あたま》のいい探偵《たんてい》でね」と、ガブガブはつづけました。「なにかぬすまれて、警察《けいさつ》が犯人《はんにん》を見《み》つけられないとき、シャーベット・スコーンズがほとんどいつも呼《よ》ばれて、どろぼうをつかまえるのさ。その名前《なまえ》が初《はじ》めて有名《ゆうめい》になったのは、『消《き》えた卵事件《たまごじけん》』だった。

それは、とてもえらいインドの領主《りょうしゅ》がヨーロッパを旅《たび》して、いろんな国《くに》を見物《けんぶつ》していたときのことだった。息子《むすこ》のほかに、ものすごい数《かず》の召《め》し使《つか》いたちを連《つ》れて、大量《たいりょう》の荷物《にもつ》を

もっていた。お気《き》に入《い》りの料理《りょうり》は、カレー卵《たまご》で、いつも三つのケースに入《い》れて運《はこ》ばせていたんだ。ふつうケースに入《はい》った卵《たまご》なんて、あまり高価《こうか》なものじゃないんだけど、この卵《たまご》はすごく貴重《きちょう》だった。特別《とくべつ》な海《うみ》鳥《どり》の卵《たまご》で、この領主《りょうしゅ》の故郷《こきょう》の海辺《うみべ》でしか見《み》つけられないんだ。故郷《こきょう》でも、ものすごい高値《たかね》がつけられていた卵《たまご》だった。

ヨーロッパ旅行《りょこう》をしているうちに、ケースふたつ分《ぶん》の卵《たまご》は食《た》べおえてしまった。ある日《ひ》、領主《りょうしゅ》がたくさんの人々《ひとびと》を昼食《ちゅうしょく》にまねいて、有名《ゆうめい》なカレー卵《たまご》をふるまおうとしたとき、料理人《コック》が大《おお》あわてで飛《と》びこんできて、三つめの、最《さい》後《ご》のケースがぬすまれたとさけんだんだ。たいへんなさわぎになった。家《いえ》にまねいたたくさんのお客《きゃく》さんをがっかりさせることになって――なにしろみんな有名《ゆうめい》なカレー卵《たまご》を楽《たの》しみにしてたからね――このとき、あわてたのは領主《りょうしゅ》だけじゃない。警察《けいさつ》は、この事件《じけん》を聞《き》いて、ひどく腹《はら》をたてたんだ。外国《がいこく》から来《き》たえらい人《ひと》がお昼《ひる》ごはんをぬすまれたなんて、世間《せけん》はイギリスのことをどう思《おも》うだろう？　それで、二種類《しゅるい》の懸賞金《けんしょうきん》がかけられた。どちらも大金《たいきん》だ。ひとつは、ぬすまれた卵《たまご》を取《と》りかえしてくれた人《ひと》に対《たい》して領主《りょうしゅ》が出《だ》す懸賞金《けんしょうきん》。

もうひとつは、どろぼうを見《み》つけて警察《けいさつ》につき出《だ》した人《ひと》に対《たい》して警察《けいさつ》が出《だ》す懸賞金《けんしょうきん》だ。
さて、この頭《あたま》のいい探偵《たんてい》シャーベット・スコーンズは、犯人《はんにん》を見《み》つけた。だれだったと思《おも》う？　びっくりだよ。
領主《りょうしゅ》は、ある大学町《だいがくまち》にたちよったことがあったんだ。そこの大学《だいがく》に息子《むすこ》を通《かよ》わせようと思《おも》ったんだね。この大学《だいがく》には、シグマ・イータのアップル・パイ結社《けっしゃ》っていう同好会《どうこうかい》というか、食《た》べ物《もの》秘密結社《ひみつけっしゃ》があったんだ。シグマとかイータとかいうのは、ギリシャ語《ご》のアルファベットだよ。その結社《けっしゃ》は、月《つき》に一度《ど》秘密《ひみつ》の会合《かいごう》を開《ひら》いていた。とても陽気《ようき》な集《あつ》まりで、その会合《かいごう》では、メンバーのだれも食《た》べたことのないまったく新《あたら》しい料理《りょうり》をみんなが順番《じゅんばん》にしょうかいすることになってたんだ。
シグマ・イータのアップル・パイ結社《けっしゃ》が結成《けっせい》されたのは、イギリスでは勇《ゆう》かんな冒険家《ぼうけんか》が多《おお》いのに、食《た》べることではあまり活躍《かつやく》していないと感《かん》じられていたからだと思《おも》う。たしかに、イギリス人《じん》は、いつも似《に》たようなものばかり食《た》べていて、フランスとかほかの国《くに》においしい料理《りょうり》がたくさんいろいろあることを思《おも》うと、食《た》べることに冒険心《ぼうけんしん》がないと言《い》わざるをえない。それはともかく、この結社《けっしゃ》ののんきな大学生《だいがくせい》たちのうちのひとりは、自分《じぶん》が新《あたら》しいものを見《み》つけなきゃいけなくなったとき、すごくこまっちゃったんだね。そんなとき、インドからやってきた領主《りょうしゅ》の話《はなし》を聞《き》いて、そのカレー味《あじ》の海鳥《うみどり》の卵《たまご》がいいって思《おも》ったんだ。そこで、そいつは、屋敷《やしき》にしのびこんで、領主《りょうしゅ》の最後《さいご》の卵《たまご》のケースをぬすんだ。若《わか》者《もの》のおとうさんはすごい金持《かねも》ちだったから、あとでその代金《だいきん》をおとうさんにはらってもらおうと思《おも》っていたんだ。だけど、その卵《たまご》の値段《ねだん》がとんでもなく高《たか》くて警察《けいさつ》が犯人《はんにん》を追《お》っているとわかると、かくれることにした。自分《じぶん》もかくれて、卵《たまご》もかくしたんだ。偉大《いだい》なシャーベット・スコーンズが若者《わかもの》を追《お》って、見《み》つけ出《だ》した。」

「どこにいたの？」と、白《しろ》ネズミがたずねました。

「秘密結社《ひみつけっしゃ》の秘密《ひみつ》のアイスボックスのなかさ」と、ガブガブ。「結社《けっしゃ》のメンバー以外《いがい》は、だれもそれがどこにあるか知《し》らなかったし、そんなものがあることさえ知《し》らなかった。すごいでしょ。でも、スコーンズがもらった懸賞金《けんしょうきん》はひとつだけだった。警察《けいさつ》が出《だ》していたやつだけ。」

「もうひとちゅは、だれがもらったの？」白《しろ》ネズミがたずねました。

「だれも領主《りょうしゅ》の懸賞金《けんしょうきん》をもらうことはなかった。卵《たまご》は若者《わかもの》が食《た》べちゃったからね。しかも、

アイスボックスからひきずり出《だ》されたとき、若者《わかもの》はほとんど凍《こご》え死《じ》にかけていた。こういうわけで、シャーベット・スコーンズはアイスボックス探偵《たんてい》って呼《よ》ばれるようになったんだよ。そのあと、彼《かれ》はいろんなぬすみの事件《じけん》を解決《かいけつ》するためにまねかれたけど、とくに食《た》べ物《もの》に関《かん》する事件《じけん》が多《おお》かったね。そういった事件《じけん》の専門家《せんもんか》とされるようになったんだ。ほかの町《まち》の警察《けいさつ》も彼《かれ》に助言《じょげん》や助《たす》けを求《もと》め、地球上《ちきゅうじょう》のいたるところで、どろぼうは彼《かれ》の名前《なまえ》を聞《き》いただけでふるえたんだ。

でも、ぼくが君《きみ》たちに話《はな》そうとしてたのは、シャーベット・スコーンズが手《て》がけた一番《いちばん》むずかしい事件《じけん》のことなんだ。というのも、この偉大《いだい》な探偵《たんてい》は、ついにどろぼうの天才《てんさい》に立《た》ちむかう日《ひ》がきたんだ。まさに彼《かれ》に匹敵《ひってき》するほど頭《あたま》のいい、だいたんなどろぼうだ。とつぜん、次《つぎ》から次《つぎ》に、ぬすみが起《お》きた。だれがやったのか、どうやってぬすんだのか、だれにもわからなかった。現場《げんば》には、なんの手《て》がかりもなかったんだ。」

「なんの、がっかりがなかったって?」白《しろ》ネズミが、たずねました。

「手《て》がかりだよ」と、ガブガブは、しんぼうづよくくりかえしました。「つまり、どろぼうの正体《しょうたい》がわかるようなものは、なにひとつなかったってこと。たのむから、口《くち》をはさまないでくれないか。

さて、どろぼうが入《はい》った家《いえ》のまわりには、足《あし》あとも見《み》つからなかった。このかしこいどろぼうは、指紋《しもん》なんか残《のこ》したりしなかったんだ。そして、いくつかの家《いえ》がどろぼうにあったことが新聞《しんぶん》に書《か》かれると、みんなは家《いえ》のまわりに見張《みは》りをおいて、弾《たま》をこめた銃《じゅう》を持《も》って朝《あさ》まで寝《ね》ないで見張《みは》ってもらった。ドアや窓《まど》に特別《とくべつ》な棒《ぼう》をつけたり、かぎをつけたり、警報《けいほう》のしかけをたくさんくふうしたんだ——たとえば、ゆかじゅうに針金《はりがね》をわたして、だれかが暗《くら》やみのなかをしのびこんできて、それにひっかかるとベルが鳴《な》るとかね。それでも、しょっちゅうどろぼうは家々《いえいえ》に入《はい》りこんで、いろんなものがぬすまれた。」

「どんなもの？」白《しろ》ネズミが、たずねました。

「待《ま》って。今《いま》、話《はな》すところなんだから」と、ガブガブ。「毎晩《まいばん》、探偵《たんてい》のスコーンズは、ベッドに入《はい》っても寝《ね》られず、くやしくて歯《は》ぎしりをしていた。そして、日中《にっちゅう》は、静《しず》かな通《とお》りで歯《は》ぎしりをしながら、こんなにひどい法律違反《ほうりついはん》をしているのはだれか見《み》つけようと、がんばったんだ。前《まえ》にも言《い》ったように、スコーンズはかなり有名《ゆうめい》になっていたからね。何週《なんしゅう》間《かん》もすぎて、だれもつかまらないと、自分《じぶん》の評判《ひょうばん》があぶなくなってきていると思《おも》うようになった。つまり、もう偉大《いだい》な探偵《たんてい》として尊敬《そんけい》されなくなるんじゃないか、って不安《ふあん》になったんだ。犯人《はんにん》をつかまえて、この一連《いちれん》の盗難事件《とうなんじけん》を終《お》わらせないと、世界一《せかいいち》の探偵《たんてい》の名声《めいせい》に傷《きず》がつくと思《おも》ったわけ。

しかも、新聞各紙《しんぶんかくし》は、スコーンズのことをひどく書《か》きたてた。警察《けいさつ》も探偵《たんてい》もばかであり、悪《わる》いやつから正直者《しょうじきもの》をちっとも守《まも》ってくれないと書《か》きつづけたんだ。ある新聞《しんぶん》は――モグモグ通《どお》りに事務所《じむしょ》のある『毎食新聞《まいしょくしんぶん》』という食《た》べ物新聞《ものしんぶん》だった――かわいそうなスコーンズをこきおろした。この一連《いちれん》の盗難事件《とうなんじけん》はすべて食《た》べ物《もの》と関連《かんれん》していたから、『毎食新《まいしょくしん》聞《ぶん》』は事件《じけん》にとくに興味《きょうみ》をもち、ひとりの記者《きしゃ》に密着取材《みっちゃくしゅざい》を命《めい》じたんだ。

その記者《きしゃ》の名前《なまえ》は、ハミルトン・サンドイッチだ。短《みじか》くハム・サンドと呼《よ》ばれ、仲《なか》のよい友《とも》だちからは、ただ、ハムと呼《よ》ばれていた。新聞社《しんぶんしゃ》のなかで一番切《いちばんき》れ者《もの》の優秀《ゆうしゅう》な記者《きしゃ》とされていたんだよ。というのも、食《た》べ物《もの》のニュースをだれよりも早《はや》く知《し》らせるすばらしい才能《さいのう》があったからね。さて、ハム・サンドは、スコーンズがどこへ行《い》こうとつきまとって、なにがわかったのか教《おし》えてもらおうと、しつこく質問《しつもん》をして探偵《たんてい》をこまらせたよ。そして、スコーンズがなにも答《こた》えようとしないと、新聞社《しんぶんしゃ》にもどって、『そもそも探偵《たんてい》なんてばかだし、スコーンズはとりわけばかだ』などと、辛口《からくち》の記事《きじ》を書《か》いたんだ。

でも、アイスボックス探偵《たんてい》は、むだに時間《じかん》をすごしていたわけじゃなかった。とんでもない。おし入《い》られた家《いえ》をすべてていねいに調《しら》べた結果《けっか》、ある共通点《きょうつうてん》を見《み》つけたんだ。たとえば、このどろぼうは――ひとりかどうかもわからなかったけど――いつも台所《だいどころ》の窓《まど》から入《はい》っている。事件《じけん》が起《お》こりはじめた最初《さいしょ》のころは、ということだけどね。あとで、台所《だいどころ》の窓《まど》が特別《とくべつ》なかぎで守《まも》られるようになると、別《べつ》のやりかたで入《はい》るようになったんだよ。どうやって入《はい》ったのか、手《て》がかりをまったく残《のこ》さないのが、ほんと、ふしぎ！　けど、どんな

ふうに入《はい》ったにせよ、かならず台所《だいどころ》へ行《い》って、出《で》ていく前《まえ》に軽《かる》い食事《しょくじ》をしていたってことにスコーンズは気《き》づいた。かならず、使《つか》ってよごれたお皿《さら》やナイフがちらかっていて、食《しょく》事《じ》をしたあとがあるんだ。それに、台所のゆかにはいつもお皿が一枚おかれていたんだ。

こういうことを発見《はっけん》すると、スコーンズは、どろぼうの好物《こうぶつ》を見《み》つけようとした。そして、台所《だいどころ》にストロベリー・ジャムがあるときは、そのびんがひとつかふたつ、かならずあけられてることがわかった。

『ははあ。ストロベリー・ジャムが好《す》きなどろぼうかね。こいつは、調《しら》べてみなければならんな。』そう言《い》うと、スコーンズは、しつこいハム・サンドがすぐうしろからついてくるのにもかまわず、この手《て》がかりを追《お》って飛《と》び出《だ》したんだ。

まず警察署《けいさつしょ》へ行《い》って、記録《きろく》を調《しら》べた。『調書《ちょうしょ》』と呼《よ》ばれるこうした記録《きろく》は、警察署《けいさつしょ》のたくさんの引《ひ》き出《だ》しのなかにある書類《しょるい》のことで、これまでの事件《じけん》でわかったどろぼう全員《ぜんいん》のデータが書《か》かれている。ところが、まる一日《にち》かけて、何千《なんぜん》もの調書《ちょうしょ》を調《しら》べても、よその家《いえ》に入《はい》っていつもストロベリー・ジャムを食《た》べるどろぼうのことなど、どこにも書《か》いてなかった。スコーンズはこまったね。しかし、やがて思《おも》いついたんだ。

『ははあ！』スコーンズは、もう一度《いちど》言《い》った。『ここに記録《きろく》がないってわけか？　じゃあ外国人《がいこくじん》にちがいない。ストロベリー・ジャムが好《す》きな外国《がいこく》のどろぼうだ。どっちにしろ、アイスボックス探偵《たんてい》からは、にげられんぞ！』そう言《い》うと、探偵《たんてい》は、調書《ちょうしょ》の山《やま》のなかでねむってしまったハム・サンドの前《まえ》をつま先立《さきだ》って通《とお》りぬけ、急《いそ》いで出《で》ていった。

それから、世界《せかい》じゅうにメッセージを発信《はっしん》して、ほかの町《まち》の警察《けいさつ》に、ストロベリー・ジャムが好《す》きなだいたんなどろぼうのことを知《し》らないかとたずねた。しかし、返事《へんじ》はたくさんもらったものの、そんな人《ひと》は知《し》らないという答《こた》えばかりだった。スコーンズは、またいきづまってしまった。一方《いっぽう》、毎晩《まいばん》、新《あら》たなどろぼうの事件《じけん》が、目《め》と鼻《はな》の先《さき》でつづけられていたんだ。スコーンズは歯《は》ぎしりをしつづけ、ハム・サンドは、『毎食新聞《まいしょくしんぶん》』にスコーンズの悪口《わるくち》を書《か》き連《つら》ねたのさ。

さて、ぬすまれたものはどんなものだったのかという話《はなし》をしよう。最初《さいしょ》、偉大《いだい》な探偵《たんてい》は、いろんなものがぬすまれていると思《おも》った。ただし、一度《いちど》に少《すこ》しずつ。時計《とけい》、銀《ぎん》スプーン、小《ちい》さな宝石類《ほうせきるい》、上下《じょうげ》のそろった服《ふく》、つえ、望遠鏡《ぼうえんきょう》、葉《は》巻《ま》きとかね。これでまた、どろぼうがだれなのか、どんな感《かん》じの人《ひと》なのかわからなくなった。しかし、こういうふうにこまったとき、警察《けいさつ》がいつもやることといったら、故買屋《こばいや》を見張《みは》ることだった。」

「なに、ちょれ？」白《しろ》ネズミが、たずねました。

「盗品《とうひん》を買《か》いとる人《ひと》がいるんだよ。どこから品物《しなもの》を手《て》に入《い》れたか聞《き》かないで買《か》うんだ。よその家《いえ》からぬすまれたものだってことは、わかっているか感《かん》づいているからさ。その品物《しなもの》をとても安《やす》く買《か》って、高《たか》く売《う》るんだ。それで逮捕《たいほ》されたりしないけど、あぶないし、もちろん、いけないことさ。ぼく、むかし、ぬすまれた野菜《やさい》を買《か》うことで有名《ゆうめい》だったブタの友《とも》だちがいたけど、ブタの社会《しゃかい》ではえらいブタたちから、うさんくさいやつだと白《しろ》い目《め》で見《み》られていたよ。でも、そいつのために言《い》うけど、そいつは盗品《とうひん》をだれかに売《う》ったりはしなかった。ぜんぶ――」

「食《く》ったんだろ」と、ジップが口《くち》をはさみました。「骨《ほね》つきハム肉《にく》を賭《か》けたっていいぜ。」

「まさにそのとおり」と、偉大《いだい》な作家《さっか》は同意《どうい》しました。

「あぶない橋《はし》はわたらないってやつだね」と、ポリネシア。「頭《あたま》がいい悪党《あくとう》だ。」

第《だい》五夜《や》　名探偵《めいたんてい》シャーベット・スコーンズ、ふたたび

食《た》べ物《もの》ミステリーのつづき——そして終《お》わり。

「さて、話《はなし》をつづけよう」と、ガブガブは言《い》いました。「警察《けいさつ》というのは、盗品《とうひん》を売《う》る店《みせ》に目《め》を光《ひか》らせていることで、かさだの、楽器《がっき》のバンジョーだの、湯《ゆ》たんぽだのといったぬすまれた品《しな》をつきとめることがある。そこでシャーベット・スコーンズは、どこへ行《い》くにも、今回《こんかい》なくなった品物《しなもの》を書《か》いた表《ひょう》をもっていった。ところが、盗品《とうひん》を売《う》る店《みせ》で、なにひとつ見《み》つけることができなかったんだ。助手《じょしゅ》の探偵《たんてい》に変装《へんそう》させて、煙突掃除人《えんとつそうじにん》だの税金徴収人《ぜいきんちょうしゅうにん》だのに化《ば》けさせて、しょっちゅうあちこちの店《みせ》をかぎまわらせた。なのに、なにも出《で》てこなかった。ただし、今度《こんど》は、こまってしまうかわりに、スコーンズはあることに気《き》づいた。というより、ある推理《すいり》をしたんだ。」

「酢入《ちゅうい》り？」白《しろ》ネズミが、そっと言《い》いました。「ちゅっぱいの？」

「ああもう、まったく！」と、ガブガブは、さけびました。「**ちがうよ！** 推理《すいり》だ。推理《すいり》小説《しょうせつ》の推理《すいり》。脳《のう》みそを――君《きみ》に脳《のう》みそがあるなら――使《つか》って、ちゃんと筋道《すじみち》を立《た》てて考《かんが》えて結論《けつろん》を出《だ》すってことだよ。小《ちい》さなことに気《き》づいて、それをよくよく考《かんが》えて、新《あたら》しい発想《はっそう》へと結《むす》びつけることだ。たとえば、君《きみ》がこの部屋《へや》へ、ひげを糖《とう》みつだらけにして入《はい》ってきたとするでしょ。ぼくは、君《きみ》をぱっと見《み》て考《かんが》えはじめ、考《かんが》えたすえに、君《きみ》は食料庫《しょくりょうこ》に行《い》っ

てきたなと結論《けつろん》を出《だ》すって具合《ぐあい》さ。わかった？」

「うん」と、白《しろ》ネズミは、おずおずと言《い》いました。「たぶんね。でも、ぼくは君《きみ》と同《おな》じぐらい意地《いじ》きたないって推理《ちゅいり》ちゅることもできたね。ぼく、意地《いじ》きたなくないけど。でも、まあいいや。ちゅぢゅけて。」

「さて、シャーベット・スコーンズは、こんなふうに推理《すいり》したんだ。

『どろぼうが盗品《とうひん》を店《みせ》にもっていっていないなら、それをどうしているのか？　外国《がいこく》へ船《ふね》で送《おく》って、外国《がいこく》にいる友《とも》だちに売《う》りさばいてもらっているのにちがいない。なあるほど！　これでつながったぞ。国内《こくない》の警察《けいさつ》に記録《きろく》がないわけだ。外国《がいこく》の友《とも》だちが手伝《てつだ》っているんだから。やっぱり外国人《がいこくじん》だったんだ。いやな外国野郎《がいこくやろう》だ。だけど、外国《がいこく》の警察《けいさつ》からの情報《じょうほう》が入《はい》らないのはなぜだろう。こんなに頭《あたま》がよくて経験《けいけん》のある犯罪者《はんざいしゃ》には、なにか記録《きろく》があるはずだ。ふしぎだ！　ふしぎだぞ！』

彼《かれ》はまたまたこまりはててしまい、気分転換《きぶんてんかん》に、家《いえ》に帰《かえ》って、リューマチにかかっているおばあちゃんにお手紙《てがみ》を書《か》くことにした。

どこでもあけられるかぎを使《つか》って自宅《じたく》に入《はい》ったのは、もう東《ひがし》の空《そら》が白々《しらじら》として夜《よ》が明《あ》けるころだった。ドアをあけたとたん、ネコが飛《と》び出《だ》してきて、ドアの段《だん》のところにある朝《あさ》のミルクを飲《の》みはじめた。でも、スコーンズは気《き》にもとめなかった。いらいらして不機嫌《ふきげん》だったからね。

まっすぐ書斎《しょさい》に行《い》くと、いすにどすんとすわった。つくえの上《うえ》には、手紙《てがみ》の山《やま》があった。早朝《そうちょう》にとどいたばかりの手紙《てがみ》だ。むっつりとふさぎこみながら、心《こころ》ここにあらずといったようすで、何気《なにげ》なく手紙《てがみ》を次々《つぎつぎ》にひっくりかえしていると、外国《がいこく》の切手《きって》のはってある手紙《てがみ》があった。スコーンズは夢中《むちゅう》で歯《は》を使《つか》ってそれをやぶってあけた。その朝《あさ》は、外国《がいこく》のものはなにもかもいやだったんだ。

けれども、その手紙《てがみ》を読《よ》んでいくうちに、スコーンズの気分《きぶん》が変《か》わっていった。目《め》が飛《と》び出《だ》し、口《くち》はだらんと大《おお》きく開《ひら》いた。しかめつらしていたのに、だんだんと、顔《かお》じゅう笑《え》みが広《ひろ》がった。それは南《みなみ》アメリカのベネズエラ警察署長《けいさつしょちょう》からの手紙《てがみ》だった。つまり、スコーンズは自分《じぶん》が出《だ》した手紙《てがみ》にまだ返事《へんじ》が来《き》てないものがあることを忘《わす》れていて、遠《とお》くの国《くに》からのこの手紙《てがみ》は、とどくのに何週間《なんしゅうかん》もかかったというわけさ。それには、こうあった。

『貴殿《きでん》が追《お》っている男《おとこ》は、当方《とうほう》で三年《ねん》にわたって記録《きろく》のある男《おとこ》と思《おも》われます。たいてい台《だい》所《どころ》の窓《まど》から入《はい》りこみ、出《で》る前《まえ》にストロベリー・ジャムを食《た》べていきます——ジャムがあるときは。どんなジャムでもよいのです。実際《じっさい》のところ、どんな食《た》べ物《もの》も好《す》きなようです。本国《ほんごく》の生《う》まれではありませんが、〝テキサス台所《だいどころ》どろぼうのチリビリビーノ〟の名《な》で本国《ほんごく》では有名《ゆうめい》です。略《りゃく》して、〝チリー〟と呼《よ》ばれています。ぬすみに犬《いぬ》を使《つか》っていませんか。使《つか》っていれば、チリーにまちがいありません。』

シャーベット・スコーンズは、いすから飛《と》びあがった。あまりに急《きゅう》に、あまりに高《たか》く飛《と》びあがったので、天井《てんじょう》に頭《あたま》をぶつけてしまったけど、興奮《こうふん》していて気《き》がつかなかった。『犬《いぬ》か！』と、彼《かれ》はさけんだ。『なあるほど！　ゆかにあったお皿《さら》だ。ありゃ、犬《いぬ》にエサを食《く》わせるためのものだったにちがいない。』

このとき助手《じょしゅ》のひとりが飛《と》びこんできて、通《とお》りのむこうでまたどろぼうに入《はい》られたと報告《ほうこく》した。偉大《いだい》な探偵《たんてい》は、長《なが》い白《しろ》ひげでさっと変装《へんそう》すると、犯行現場《はんこうげんば》を調《しら》べに行《い》った。

家《いえ》に着《つ》くと、全員《ぜんいん》に質問《しつもん》したけど、例《れい》によって、だれもどろぼうが出入《ではい》りするのを見《み》ておらず、いつものとおり、台所《だいどころ》には食事《しょくじ》をしたあとがあった。ジャムのついたナイフやスプーンが残《のこ》されていたんだ。そして、ゆかにはよごれた皿があった。スコーンズは建物《たてもの》の外《そと》に、犬《いぬ》の足《あし》あとはないか調《しら》べた。そして、見《み》つけた、台所《だいどころ》の窓《まど》の下《した》の庭《にわ》に犬《いぬ》の足《あし》あとを。こうして、チリビリビーノこそが、犯人《はんにん》であると確信《かくしん》したのさ。彼《かれ》が次《つぎ》にしたことは、新《しん》聞各紙《ぶんかくし》に広告《こうこく》をのせることだった。

どろぼうの情報《じょうほう》求《もと》む

テキサス台所《だいどころ》どろぼうのチリビリビーノ。背《せ》高《たか》く、色《いろ》黒《ぐろ》、やせ。得《え》体《たい》の知《し》れぬ男《おとこ》。ジャム好《ず》き。犬《いぬ》を使《つか》う。

このどろぼう逮捕《たいほ》につながる情報《じょうほう》をおもちの方《かた》は、探偵《たんてい》シャーベット・スコーンズへ手紙《てがみ》または直接《ちょくせつ》ご連絡《れんらく》を。

こうしてだれもがどろぼうの名前《なまえ》と背《せ》かっこうがわかったので、あちこちでいろいろなうわさがたった。だけど、どろぼうの名前《なまえ》がわかって、その外見《がいけん》が少《すこ》しわかったくらいで、どろぼうはつかまらない。かつては、ロビン・フッドやキャプテン・キッドなんていうとても有名《ゆうめい》などろぼうが、いつまでもつかまらなかったことがあったしね。わいわいがやがやといろんなうわさが流《なが》れても、これほどのさわぎを引《ひ》き起《お》こしたなぞの男《おとこ》を実際《じっさい》に見《み》たという者《もの》は、だれひとり出《で》てこなかったんだ。

やがてスコーンズは、うたがいはじめた。ほんとうにチリーなのだろうか。みんながどろぼうを警戒《けいかい》していれば、外国人《がいこくじん》なら目《め》につくのじゃないか。ところが、あいかわらず、ほとんど毎晩《まいばん》、盗難事件《とうなんじけん》が起《お》こっていた。しかも今《いま》や、ぬすまれるのは食《た》べ物《もの》ばかりなんだ。宝石《ほうせき》やかさはもうぬすまれないで、食《た》べ物《もの》だけがぬすまれるんだ。しかも大量《たいりょう》に！

かしこい主婦《しゅふ》が安《やす》いときに大量《たいりょう》に買《か》いこんだ食材《しょくざい》がごっそりもっていかれた——何《なん》ふくろもの小麦粉《こむぎこ》、何《なん》たるものリンゴ、チャツネのびん十二本《ほん》などがひと晩《ばん》でなくなっちゃうんだ。これには偉大《いだい》な探偵《たんてい》もひどくこまった。ひとりの人間《にんげん》が食《た》べられる量《りょう》じゃないし、ひとりではとても使《つか》いきれるものじゃない。どうやら、どうぼうはひとりではなく、集団《しゅうだん》でぬすみをはたらいているらしい。

そこで、スコーンズは考《かんが》えた。

『よろしい。これまでの推理《すいり》はまちがっていたとしよう。どろぼうが見《み》つからないなら、そいつが使《つか》う犬《いぬ》を見《み》つけられないだろうか。』

そして、犬《いぬ》の足《あし》あとを追《お》いかけて、虫《むし》メガネでていねいに調《しら》べた。それから、足《あし》あとのスケッチをかいた。その絵《え》を、犬《いぬ》を育《そだ》てる人《ひと》たちや売《う》り買《か》いする人《ひと》たちに見《み》せたら、こんな足《あし》あとは見《み》たことがないと言《い》われた。どんな種類《しゅるい》の犬《いぬ》か見当《けんとう》もつかないと言《い》うんだ。チリーはまったく新《あたら》しいタイプのどろぼうだから、そいつが使《つか》っている犬《いぬ》が新種《しんしゅ》であってもふしぎはなかったのさ。」

「なんていう新種《しんしゅ》だったの？」ぼくは、たずねました。

ガブガブは、少《すこ》しえらそうにほほえんで言《い》いました。

「コソドロニーズさ」と、ガブガブ。

「なんだって？」ジップが飛《と》びあがってさけびました。

「コソドロニーズだよ。」作家《さっか》はくりかえしました。「こそどろとペキニーズ犬《けん》をかけあわせた犬《いぬ》で、とってもめずらしいんだ。なにしろ、真夜中《まよなか》に台所《だいどころ》のたなやアイスボックスからぬすみをはたらくには、音《おと》をたてないのがとっても重要《じゅうよう》だからね。へたにピクルスのびんとかサケ缶《かん》とかを取《と》ろうとしてガッチャーンなんて音《おと》でもたてたら、伝説《でんせつ》の『七人《にん》の眠《ねむ》り男《おとこ》』（迫害《はくがい》をのがれて洞窟《どうくつ》にこもって何百年《なんびゃくねん》も眠《ねむ》ったというエフェソスのキリスト教徒《きょうと》たち）だって起《お》きちゃうよ。

このコソドロニーズは、とてもとんがった細《ほそ》い鼻《はな》をしていて、ミミズみたいな長《なが》いからだをしていた。酢《す》のびんとかお茶《ちゃ》の缶《かん》のあいだをすりぬけて、チリンと音《おと》をさせることもなしにアスパラガスをたくさん取《と》り出《だ》すことができたんだ。

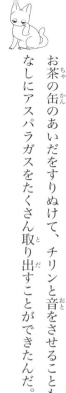

特別《とくべつ》な訓練《くんれん》を受《う》けていて、とってこいと言《い》われた食《た》べ物《もの》を食《た》べたりするようなこともなかった。あとで、にげだす前《まえ》に、台所《だいどころ》のゆかですてきな夜食《やしょく》を食《た》べさせてくれるとわかっていたからさ。

こうしたことは、みんなあとでわかったことだ。犬《いぬ》は、最後《さいご》の最後《さいご》まで知《し》られず、見《み》つからず、つかまらなかった。チリーと同《おな》じで、いろいろ変装《へんそう》していたのさ。ときにはコッカー・スパニエル、ときにはダックスフントのかっこうをしていた。そして、その犬《いぬ》らしくふるまったんだ。あるときはおちついたスコッチ・テリアにばけて、町《まち》じゅうをよろよろと歩《ある》き、年《とし》をとって息《いき》が切《き》れて、毛《け》が白《しろ》くなって弱《よわ》くなったかのようにふるまった。またあるときは、人《ひと》なつっこいエアデール・テリアとなって、あっちこっちとびまわって、みんなに話《はな》しかけた。六種類《しゅるい》の声《こえ》でほえたり、うなったりできたのさ。なんだってできた。

もちろん、だれにも気《き》づかれない。次《つぎ》に会《あ》うときは、別《べつ》の犬《いぬ》になっているからだよ。チリビリビーノとその犬《いぬ》はほんとに、すっごく頭《あたま》がよかったんだ。

テキサス台所《だいどころ》どろぼうは、新聞《しんぶん》にその情報《じょうほう》が出《で》てからは、もっとだいたんに、もっとずうずうしくなった。もうなりふりかまわないという感《かん》じだった。どろぼうに入《はい》った家《いえ》に、

わざわざ自分《じぶん》の名前《なまえ》を書《か》いた書《か》き置《お》きを残《のこ》すといういたずらをはじめたんだ。
『おいしい夕食《ゆうしょく》をごちそうさまでした。おたくの見張《みは》りは、どうしようもないばかですね。だれでもなかへ入《はい》れてしまいます。さようなら、チリー。』
チリーは、スコーンズのことを、おまわりだの、うすのろだのと言《い》って、からかうのが大好《だいす》きだった。そして、そうした書《か》き置《お》きのなかに、次《つぎ》にどの家《いえ》に入《はい》るかということさえ記《しる》したんだ。ところが、アイスボックス探偵《たんてい》がその家《いえ》へ行《い》って、二人《ふたり》の助手《じょしゅ》と十二人《にん》の警《けい》察官《さつかん》といっしょに寝《ね》ずの見張《みは》りをしても、ものすごい高価《こうか》な最高級食品《さいこうきゅうしょくひん》がどういうわけか翌朝《よくあさ》にはなくなっているんだ。
そこで警察《けいさつ》は町《まち》じゅうの犬《いぬ》を集《あつ》めて、飼《か》い主《ぬし》を確認《かくにん》していった。そして、まったくのいたずら心《ごころ》から、コソドロニーズもやってきたんだ。ところが、まいごのネコのふりをしていて――なかばペルシャネコのように、なかばおなかが空《す》いて死《し》にそうなようすをして、おびえて、そっと歩《ある》いて、こそこそしていた。その

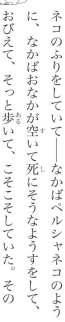

変装《へんそう》はあまりに完《かん》ぺきだったので、だれもその正体《しょうたい》を見《み》やぶる者《もの》はいなかった。そして、たっぷりとした食事《しょくじ》をただでもらうと、ほかの犬《いぬ》たちにつばをはきかけて、立《た》ちさったのさ。

一方《いっぽう》、人々《ひとびと》は、どろぼうがつかまらないことに、いらだち、腹《はら》をたてていた。シャーベット・スコーンズは歯《は》ぎしりをつづけていた。あまりに歯《は》ぎしりしたために、ほとんど歯《は》がなくなるほどで、ちゃんと物《もの》が食《た》べられなくなって、なさけない思《おも》いをすることになった。新聞各紙《しんぶんかくし》は彼《かれ》のことをばかにし、ハム・サンドは、毎食新聞《まいしょくしんぶん》の第《だい》一面《めん》にゆかいな詩《し》をかかげた。少《すく》なくともハムは、これをゆかいだと思《おも》ったんだ。

夜《よる》のとばりがおりるころ、
チリーは入《はい》るよ、台所《だいどころ》。
牛肉《ぎゅうにく》むしゃむしゃ食《た》べ放題《ほうだい》。
探偵《たんてい》スコーンズ、なにやってんだい。

ところが、ついにチリビリビーノはやりすぎてしまった。これまでものすごく高価《こうか》な食《た》

べ物《もの》をぬすみ、最高《さいこう》の探偵《たんてい》を笑《わら》い者《もの》にし、警察《けいさつ》をあざ笑《わら》い、そのだいたんですばらしい犯《はん》行《こう》で世間《せけん》をあっと言《い》わせた彼《かれ》だけど、今度《こんど》は、これまでやったこともなかったことをやったのさ。おそらくいまだかつてだれもやったことのなかったことだ。料理人《コック》をぬすんだんだ。」

「どうして？」と、チーチーがたずねました。

「だって、料理人《コック》はとっても役《やく》にたつからね。腕《うで》のいい料理人《コック》なら。そして、この人《ひと》はものすごくじょうずに料理《りょうり》を作《つく》る女性《じょせい》だったんだ。パイ料理《りょうり》で有名《ゆうめい》だった。とくにルバーブ・パイ（ルバーブはふきに似《に》た植物《しょくぶつ》。あまく煮《に》てパイにつめる）は最高《さいこう》だった。名前《なまえ》はバニラ・バーベナ。彼女《かのじょ》をやとっていた主人《しゅじん》は、その値打《ねう》ちは彼女《かのじょ》の体重分《たいじゅうぶん》の金《きん》に相当《そうとう》すると言《い》ったもんさ。彼女《かのじょ》は家《いえ》みたいに大《おお》きくて、ものすごい重《おも》たい人《ひと》だったから、大金《たいきん》の値打《ねう》ちがあるってことなんだ。

　さて、バニラ・バーベナがはたらいていたお屋敷《やしき》では、きみょうなことが起《お》こりはじめた。どろぼうに入《はい》られて、台所《だいどころ》から何度《なんど》かものがぬすまれてたんだ。家族《かぞく》はたくさんいて、おかあさん、おとうさん、六人《にん》の子《こ》どもたち、みんな食欲旺盛《しょくよくおうせい》で、たくさん料理《りょうり》を出《だ》さなければならなかった。

この家族《かぞく》はまるまる太《ふと》っていたのに、急《きゅう》にやせはじめた。とくに料理人《コック》自身《じしん》がやせた。リンゴのようにまんまるだった彼女《かのじょ》のからだは、どんどんやせ細《ほそ》っていって、がいこつみたいになった。台所《だいどころ》にどろぼうが何度《なんど》も入《はい》ったせいで、作《つく》ったとたんにパイ料理《りょうり》がぬすまれてしまうのを心配《しんぱい》してやつれたのではないかと、人々《ひとびと》はうわさした。

そうこうしているうちに、その料理人《コック》がふいっといなくなってしまったんだ。重《おも》たい体重《たいじゅう》をささえるために強力《きょうりょく》なばねのついた彼女《かのじょ》のベッドは、その朝《あさ》、からっぽだった。シャーベット・スコーンズがまた呼《よ》ばれたが、今《いま》までにないほど、大《おお》いそがしになった。チリーの犯罪《はんざい》が重罪《じゅうざい》だったせいだけじゃなかった。スコーンズにはプライベートな理由《りゆう》があったんだ。彼《かれ》は恋《こい》をしていたんだよ。

つまり、この屋敷《やしき》で何度《なんど》も起《お》きる事件《じけん》の調査《ちょうさ》をしていたとき、このアイスボックス探偵《たんてい》は、まだぽっちゃりしていてかわいかったバニラ・バーベナと出会《であ》ったのさ。そして、そのおいしいパイ料理《りょうり》を食《た》べたとき、この人《ひと》と結婚《けっこん》しようと決《き》めたんだ。自宅《じたく》の台所《だいどころ》を大《おお》きくして、彼女《かのじょ》がそこではたらいてもせまくないようにしたほどだった。だから、チリビリビーノがその長《なが》い悪事《あくじ》の一覧表《いちらんひょう》に料理人《コック》誘拐《ゆうかい》というゆるしがたい悪事《あくじ》をくわえたときの探《たん》偵《てい》の怒《いか》りようといったらなかった。そして、世界《せかい》にとどろく自分《じぶん》の名声《めいせい》にかけて誓《ちか》ったのさ。その長《なが》いつけひげにかけて、だいじなバーベナを見《み》つけ出《だ》し、あの悪《わる》い外国人《がいこくじん》がろうやに入《い》れられるまでは、一睡《いっすい》もしないぞって。

彼《かれ》は睡眠不足《すいみんぶそく》のせいで死《し》にかけながらも、その誓《ちか》いを果《は》たした。どうやってやったのかお話《はな》しするね。まず、たくさん推理《すいり》をした。料理人《コック》をぬすんでどうするつもりかと自問自答《じもんじとう》した。おいしい料理《りょうり》を食《た》べたいのか？　そりゃそうだ。だが、自分《じぶん》の家《いえ》で料理《りょうり》をさせていたら、だれかに見《み》られて、見《み》つかってしまうかもしれない。どこかのレストランの、人《ひと》の入《はい》ってこられない大《おお》きな台所《だいどころ》のすみで料理《りょうり》をさせるにちがいない。そしてもちろん、それは新《あたら》しいレストランで、最近《さいきん》オープンしたばかりのはずだ。

こうして、スコーンズは世界《せかい》じゅうを旅《たび》して、新《あたら》しいレストランはないかとさがしまわったんだ。すべての新《あたら》しい店《みせ》に行《い》って、ルバーブ・パイを注文《ちゅうもん》したのさ。もちろん、チリーは彼女《かのじょ》を人目《ひとめ》につかないようにしたはずだけど、スコーンズはあの有名《ゆうめい》なルバーブ・パイの味《あじ》をおぼえていたから、食《た》べたらすぐにわかるはずなんだ。

あちこちを旅《たび》して、あまりにたくさんのパイを食《た》べたもんだから、もうパイなんて見《み》たくもないという気分《きぶん》になっていたけど、がんばってつづけた。そして、とうとう、あるレストランでウエイターがもってきたルバーブ・パイを食《た》べたとたん、これこそバニラ・バーベナのパイだとわかったんだ。彼《かれ》はすぐに助手《じょしゅ》たちに命《めい》じて、レストランの店長《てんちょう》を逮捕《たいほ》させ、手錠《てじょう》をかけさせた。うたがいようもなく、それがチリー本人《ほんにん》だった。

それからスコーンズはその店《みせ》を徹底的《てっていてき》に調《しら》べた。台所《だいどころ》にいたのは、台所《だいどころ》の調理台《ちょうりだい》にくさりでつながれて、まだルバーブ・パイを作《つく》っている彼《かれ》の愛《いと》しい料理人《コック》だった。それから、ふしぎな顔《かお》つきをした犬《いぬ》が、ゆかにおかれたお皿《さら》からなにか食《た》べていた。こういうわけでテキサス台所《だいどころ》どろぼうチリビリビーノはつかまったのさ。」

「そいちゅ、長《なが》いことろうやに入《はい》ったの？」白《しろ》ネズミが、たずねました。

「いや、そこがおかしなところでね。やつは、ろうやに入《はい》らなかったんだ」と、ガブガブ。「スコーンズが馬車《ばしゃ》でやつを警察署《けいさつしょ》に連行《れんこう》していたとき、彼《かれ》はどろぼうにいくつかの質問《しつもん》をした。たとえば、ぬすんだ食《た》べ物《もの》をどうしたのか知《し》りたかったんだ。

そして、テキサス台所《だいどころ》どろぼうは、じつのところ、ロビン・フッドみたいなやつだったとわかったんだ。金持《かねも》ちからぬすんだものをびんぼうな人《ひと》たちに分《わ》けあたえていたのさ。どこかの金持《かねも》ちの家《いえ》がしこたま食材《しょくざい》をためこんで、ぜいたくな食事《しょくじ》をしていると知《し》ると、その家《いえ》におし入《い》って、満足《まんぞく》に食《た》べることもできないまずしい人《ひと》たちに、ぬすんだ食《た》べ物《もの》を分《わ》けてあげていたのさ。有名《ゆうめい》な料理人《コック》のバニラ・バーベナを誘拐《ゆうかい》したのも、まずしい人《ひと》たちのためだった。お金《かね》がなくて住《す》む家《いえ》もない空腹《くうふく》な人《ひと》たちのために、ただでおいしい料理《りょうり》を食《た》べられるレストランを開《ひら》きたかったんだ。

それにしても、やつはほんとに頭《あたま》がいい悪党《あくとう》だった。バーベナが台所《だいどころ》の窓《まど》から外《そと》に出《だ》すには大《おお》きすぎるとわかると――というより、だれかがかついで運《はこ》ぶなんてできないとわかると――たくさんのやせ薬《ぐすり》（からだを細《ほそ》くする薬《くすり》）を手《て》に入《い》れて、あの家《いえ》におし入《い》るたびに食料庫《しょくりょうこ》にある食《た》べ物《もの》ぜんぶにその薬《くすり》を入《い》れたのさ。こうして、料理人《コック》のみならず家族全《かぞくぜん》員《いん》げっそりやせたんだ。

さて、この宿敵《しゅくてき》がどうしてぬすみをはたらいたのかを知《し》ったとき、アイスボックス探偵《たんてい》に大《おお》きな変化《へんか》がおとずれた。まずしい人《ひと》のために自分《じぶん》の人生《じんせい》をささげてきたえらい人《ひと》をろ

うや送《おく》りにするなんて、たえられないと思《おも》ったんだ。とは言《い》っても、犯人《はんにん》を少《すく》なくとも裁《さば》きにかけてばつをあたえようとしたというかたちにしなければならない。そこで、馬車《ばしゃ》がごとごとゆれるなか、しばらく静《しず》かに考《かんが》えてから、探偵《たんてい》はどろぼうに言《い》った。
『タバコを一服《いっぷく》やりたいだろう。ポケットから葉巻《はまき》を取《と》り出《だ》せるように、手錠《てじょう》をはずしてやろう。』手錠《てじょう》をはずしてやると、チリーは感謝《かんしゃ》した。それから探偵《たんてい》はこう言《い》った。
『もしこれからろうやへ入《はい》るのではなく、自《じ》由《ゆう》になれるとしたら、正直《しょうじき》にくらすかね？それともどろぼうをつづけるかね？』
すると、チリーは言《い》った。『正直《しょうじき》にくらし

ます。どろぼうは、いずれつかまりますからね。それに、コソドロニーズがいてくれたからできたんです。最初《さいしょ》に飼《か》いはじめたときは、まったく正直《しょうじき》な犬《いぬ》でした。サーカスにいて、そこでじょうずに変装《へんそう》することをおぼえたんです。でも、私《わたし》が道《みち》をあやまらせて、ぬすみを教《おし》えてしまった。』

どろぼうは悲《かな》しげに、ため息《いき》をついた。

『もし今《いま》自由《じゆう》になれるなら、コソドロニーズを連《つ》れて舞台《ぶたい》に立《た》ちます。私《わたし》はギターがじょうずに弾《ひ》けるんですよ。ああ、今《いま》さらやりなおすのは手《て》おくれだ！』

ふたたびスコーンズは、きみょうにもだまりこんでしまった。つけひげをかみながら、考《かんが》えこんでいるんだ。ふいに彼《かれ》は言《い》った。

『ちょっと失礼《しつれい》。御者《ぎょしゃ》に話《はなし》があるので、出《で》てくるよ。』

探偵《たんてい》は窓《まど》をたたいて、馬車《ばしゃ》をとめ、外《そと》へ出《で》た。出《で》たあとでドアをわざとあけっぱなしにした。探偵《たんてい》は御者《ぎょしゃ》になにか命《めい》じるふりをしながら、目《め》のすみからチリーを見守《みまも》っていた。チリーがそっと馬車《ばしゃ》から出《で》てしげみにかくれ、忠実《ちゅうじつ》な犬《いぬ》がそのあとを追《お》っていったのが見《み》えた。しかし、スコーンズは、追《お》いかけようとはしなかった。

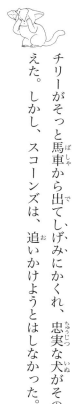

探偵《たんてい》はからっぽの馬車《ばしゃ》にもどると、警察署《けいさつしょ》まで馬車《ばしゃ》を走《はし》らせた。そこで、担当《たんとう》の警官《けいかん》を呼《よ》んで、こう言《い》った。『たいへんもうしわけない。どろぼうをつかまえ、手錠《てじょう》をかけるところまではいったのだけれど、ろうやへ連《つ》れてくるとちゅうでにげられてしまった。でも、もう食《た》べ物《もの》どろぼう事件《じけん》は起《お》きないよ。』

それから探偵《たんてい》は家《いえ》に帰《かえ》って、バニラ・バーベナと結婚《けっこん》した。彼女《かのじょ》は、もとどおりに美《うつく》しく太《ふと》って、ふたりはいつまでもしあわせにくらしましたとさ。」

第《だい》六夜《や》　涙《なみだ》の手《て》作《づく》りパンケーキ

クインス・ブロッサムがおとうさんの命《いのち》を救《すく》った話《はなし》。

「これから語《かた》るのは食《た》べ物《もの》の寓話《ぐうわ》だよ」と、ガブガブ。「ペルシア（今《いま》のイラン）のお話《はなし》だ。」

「寓話《ぐうわ》ってなあに」と、白《しろ》ネズミが、たずねました。

「まったくもう！」と、えらい作家《さっか》は言《い》いました。「君《きみ》の名前《なまえ》を〝ナーニー君《くん》〟に変《か》えたほうがいいんじゃないかって、ときどき思《おも》うよ。口《くち》を開《ひら》くたびに君《きみ》は『それ、なあに』『あれ、なあに』ばかり言《い》うでしょう。いい？　寓話《ぐうわ》っていうのは、教訓《きょうくん》を教《おし》えてくれる古《ふる》いお話《はなし》のことだよ。でも、かならずしもほんとうのお話《はなし》じゃなくてもいいの。イソップって人《ひと》が寓話《ぐうわ》を書《か》いたでしょ。イソップってのは、ウソップのいとこだと思《おも》うけど、たしかなところはわからない。とにかく、有名《ゆうめい》なソップ家《け》の一員《いちいん》だ。ソップ家《け》ってのは、みんな物書《ものか》きで、かわいそうなやつらなの。

さて、ペルシアに国《くに》ができる前《まえ》のお話《はなし》だよ。そこにはバシバルーカと呼《よ》ばれる、とても戦争好《せんそうず》きな民族《みんぞく》が住《す》んでいた。馬《うま》に乗《の》るのがとてもじょうずだった。くらに乗《の》ったままで生活《せいかつ》していたんだ。東洋全体《とうようぜんたい》でおそれられていた乱暴《らんぼう》な部族《ぶぞく》だったいっぽう、とてもきれい好《ず》きだった。いつもきちんとお風呂《ふろ》に入《はい》っていたんだ。じつのところ、それは宗教《しゅうきょう》とな

っていた。預言者《よげんしゃ》やえらいおぼうさんが、毎日《まいにち》お風呂《ふろ》に入《はい》ることをすすめたんだ。でも、教会《きょうかい》に行《い》くのとはちがって、気《き》をつける必要《ひつよう》はなかった。乗《の》っていた馬《うま》がお風呂《ふろ》に入《はい》ったからさ。くらに乗《の》ったままくらしていたこの民族《みんぞく》は、くらに乗《の》ったままねむったんだ。そして、馬《うま》はとてもよくしつけられていて、朝日《あさひ》がのぼるとすぐに、近《ちか》くの川《かわ》へまっすぐむかったの。だから、もし君《きみ》たちがバシバルーカだったら、朝《あさ》ごはんを食《た》べる前《まえ》に、氷《こおり》でいっぱいの川《かわ》のなかを泳《およ》いだり、すてきな深《ふか》い池《いけ》の底《そこ》で水中散歩《すいちゅうさんぽ》をしたりしながら目《め》ざめることになるんだよ。このためにバシバルーカはとてもタフな人《ひと》たちとなったんだ。

さて、バシバルーカの王《おう》さまは、最《もっと》も強力《きょうりょく》な隣国《りんごく》キンキドゥーの皇帝《こうてい》（スルタン）と戦《せん》争《そう》することにした。王《おう》さまは、全軍《ぜんぐん》をお風呂《ふろ》に入《はい》らせて、食《た》べさせ、戦《たたか》いにそなえさせた。数《すう》か月《げつ》のあいだ、どちらのがわも勝《か》つことも負《ま》けることもなかった。敵国《てきこく》がどうもきちんと戦《たたか》ってくれないんだ。キンキドゥーの兵士《へいし》たちは、敵《てき》が追《お》ってこられない山《やま》にいてばかりで、おりてこないんだ。

ある日《ひ》、王《おう》さまは司令官《しれいかん》のプッシュプード・アル・ピッシュ将軍《しょうぐん》を自分《じぶん》のテントに呼《よ》んで言《い》った。

『将軍《しょうぐん》、山《やま》で皇帝《スルタン》と戦《たたか》うのはむずかしい。近《ちか》づけやしない。それゆえ、どうすべきか決《き》めたぞ。』

『はい、陛下《へいか》、どのような計画《けいかく》でしょう？』と、将軍《しょうぐん》はたずねた。

えっと、これは毒《どく》についての寓話《ぐうわ》だって最初《さいしょ》に言《い》っとくべきだったね——毒気《どくけ》をふくんだ話《はなし》ってわけさ！」

「毒《どく》だって！」白《しろ》ネズミはとてもショックを受《う》けた声《こえ》で言《い》いました。「ちょんな話《はなち》、聞《き》きたくないな。食《た》べ物《もの》が毒《どく》となんの関係《かんけい》があるの？」

「そりゃあ、大《おお》いにあるさ」と、ガブガブ。「ぼくの本《ほん》には毒《どく》についての長《なが》い章《しょう》があるよ。食《た》べ物《もの》の知識《ちしき》があれば、なにを食《た》べていいかがわかる。それに対《たい》して、毒《どく》の知識《ちしき》があれば、なにを食《た》べちゃいけないかがわかるんだ。どちらも重要《じゅうよう》だよ。それに、『甲《こう》の薬《くすり》は乙《おつ》の毒《どく》』ってことわざ、聞《き》いたことがあるだろ。ダチョウは、ぼくらが食《た》べたら死《し》んじゃうようなものだって食《た》べられる。テニスボールとか、小石《こいし》とか、そんなものをね。でも、毒《どく》ってかならずしも食《た》べたら死《し》ぬわけじゃないんだ。むかし、今《いま》よりずっと毒《どく》の研究《けんきゅう》がさかんだったころ、いろんな毒《どく》を買《か》うことができたんだよ。三十分《さんじっぷん》だけおなかが痛《いた》くなる毒《どく》とか、二日間《ふつかかん》だけ寝《ね》こむ毒《どく》とか、逆《ぎゃく》になんてことなさそうな液体《えきたい》なんだけど数滴《すうてき》なめたら五分《ふん》で死《し》んじゃう毒《どく》とかね。

まあ、ずっとずうっとむかしのあらっぽい時代《じだい》では、王《おう》さまとかお妃《きさき》さまとか、ほんとにえらい人《ひと》たちは、いつも毒《どく》の専門家《せんもんか》をやとっていて、その専門家《せんもんか》たちは宮殿《きゅうでん》でみんなといっしょにくらしていたんだ。今日《こんにち》の王室専属《おうしつせんぞく》のお医者《いしゃ》さんみたいな感《かん》じだよ。薬《くすり》があつかえる学者《がくしゃ》だからね。とにかく、話《はなし》をもどすと、バシバルーカの将軍《しょうぐん》は王《おう》さまにこう言《い》ったんだ。

『それは、陛下《へいか》、どのような計画《けいかく》でしょうか？』

すると、王《おう》さまは答《こた》えた。『将軍《しょうぐん》よ、わしは、皇帝《スルタン》を広《ひろ》い戦場《せんじょう》へおびき出《だ》すことができないので、毒《どく》でやっつけるのがよいと思《おも》うのじゃ。キンキドゥーの軍《ぐん》があのとてもかしこい指導者《しどうしゃ》を失《うしな》えば、わが軍《ぐん》があっという間《ま》に勝利《しょうり》することは目《め》に見《み》えている。それゆえ、行《い》って、わが王室専属《おうしつせんぞく》の毒《どく》の専門家《せんもんか》たちを全員連《ぜんいんつ》れてこい。われらは気楽《きらく》におしゃべりをしながら、皇帝《スルタン》が二度《にど》と戦場《せんじょう》で軍《ぐん》をひきいることのできなくなるように毒殺《どくさつ》する手段《しゅだん》を決《き》めるのだ。』

それを聞《き》いて将軍《しょうぐん》は死《し》ぬほど真《ま》っ青《さお》になった。そのわけは、今《いま》すぐ話《はな》すよ。

『王《おう》さま！』と、将軍《しょうぐん》はさけんで、王《おう》さまの前《まえ》にどんとひざをついた。『毒《どく》はもってきておりません。首都《しゅと》からわが軍《ぐん》が出発《しゅっぱつ》する前日《ぜんじつ》に盛大《せいだい》な宴会《えんかい》を開《ひら》きました。招待客《しょうたいきゃく》だけによる晩《ばん》さん会《かい》で、そこへ毒《どく》の専門家《せんもんか》たちも全員《ぜんいん》まねかれました。そして、だれかが、毒《どく》の専門家《せんもんか》たちに毒《どく》をしかけるのは、なかなかいいじょうだんだと思《おも》いついたのです。とにかく、なにかがスープのなかに入《い》れられて、毒《どく》の専門家《せんもんか》たちは翌日《よくじつ》あまりに気分《きぶん》が悪《わる》くなって、軍《ぐん》といっしょに出発《しゅっぱつ》することができなかったのです！』

王《おう》さまは、ものすごくこわい顔《かお》で、顔《かお》をしかめた。
『毒《どく》の専門家《せんもんか》たちがいないだと！』王《おう》さまはさけんだ。『そんなことは聞《き》いておらん！』
そして、足《あし》を踏《ふ》み鳴《な》らしてテントのなかでめちゃくちゃにあばれまわった。

さて、将軍《しょうぐん》が真《ま》っ青《さお》になった理由《りゆう》は、キンキドゥーの皇帝《スルタン》を毒殺《どくさつ》することを思《おも》ったからじゃない。残酷《ざんこく》なバシバルーカの騎兵《きへい》にとって、そんなことはたいしたことじゃなかった。ところが、プッシュプード・アル・ピッシュは司令官《しれいかん》であると同時《どうじ》に、太宰相《だざいしょう》でもあった。太宰相《だざいしょう》っていうのは王《おう》さまの絶対権力《ぜったいけんりょく》を代行《だいこう》する大臣《だいじん》で、当時《とうじ》、なにか失敗《しっぱい》があると、王《おう》さまは太宰相《だざいしょう》の首《くび》をはね、別《べつ》の人《ひと》を太宰相《だざいしょう》にすることになっていたんだ。軍隊《ぐんたい》の馬《うま》の足《あし》がおかしくなったり、ニワトリが卵《たまご》を産《う》まなくなったりすると、太宰相《だざいしょう》は自分《じぶん》の命《いのち》でつぐなったの。そうやって、王《おう》さまは自分《じぶん》がえらい指導者《しどうしゃ》であり、軽《かろ》んじられてはならないことを示《しめ》したんだ。

あわれな将軍《しょうぐん》はこっそりとテントから出《で》ていったけど、そのとき王《おう》さまは将軍《しょうぐん》にむかってこぶしをふりあげてさけんだ。『太陽《たいよう》がしずむまでに、その首《くび》でこの落《お》とし前《まえ》はつけてもらうからな！』

将軍《しょうぐん》はとぼとぼと自分《じぶん》のテントへもどった。そこには妻《つま》と、美《うつく》しい娘《むすめ》クインス・ブロッサムがぐっすりと眠《ねむ》っていた。将軍《しょうぐん》は妻《つま》を起《お》こして悲《かな》しい知《し》らせを伝《つた》えた。

『ああ！』将軍《しょうぐん》は両手《りょうて》をしぼった。『これでおれもおしまいだ！』

ところが、将軍《しょうぐん》の妻《つま》はとても頭《あたま》のいい女性《じょせい》だった。実際《じっさい》、おくさんのほうが将軍《しょうぐん》よりもずっといい指揮官《しきかん》だと言《い》う人《ひと》もいたほどだよ。おくさんはあわてふためいたりせず、じっと考《かんが》えた。目《め》の前《まえ》には美《うつく》しい娘《むすめ》クインス・ブロッサムがすやすやとブハラ刺繍《ししゅう》の寝《ね》いすで眠《ねむ》っている。

『ねえ、プッシュ。』やがて、おくさんは言《い》った。『あなたの頭《あたま》はよくはないけど、それひと

つしかないんだから、なくすわけにはいかないわ。軍隊《ぐんたい》は男《おとこ》だらけでも、夫《おっと》にできるのは少《すく》ないし。そこにいる娘《むすめ》があなたの命《いのち》を救《すく》ってくれるかもしれませんよ。ごぞんじのとおり、この子《こ》は美《うつく》しくて清《きよ》らかだけれど、料理《りょうり》の腕《うで》は世界一《せかいいち》ひどい。国王陛下《こくおうへいか》の神聖《しんせい》なゾウのごはんを用意《ようい》して、もう少《すこ》しでゾウが死《し》ぬところでしたからね。それ以来《いらい》、この子《こ》はお湯《ゆ》をわかすことすら勅令《ちょくれい》で禁《きん》じられています。万一《まんいち》あの子《こ》がお湯《ゆ》をめらめらと燃《も》やすようなとんでもないことをやらかして、わが軍《ぐん》の士気《しき》が落《お》ちたらこまりますからね。たしかに王《おう》さまの毒《どく》の専門家《せんもんか》たちは連《つ》れてきませんでした。そのかわりに私《わたし》たちの娘《むすめ》クインス・ブロッサムを使《つか》ってはいかがですか。この子《こ》を皇帝《スルタン》の陣営《じんえい》にしのびこませ、皇帝《スルタン》の料理《りょうり》を作《つく》らせることさえできれば、夕日《ゆうひ》がしずむ前《まえ》に皇帝《スルタン》は消化不良《しょうかふりょう》で死《し》ぬことでしょう。』

それからおくさんはとてもやさしく美《うつく》しい娘《むすめ》を起《お》こして、計画《けいかく》を説明《せつめい》した。一家《いっか》は大黒柱《だいこくばしら》を失《うしな》うわけにはいかないので、おとうさんを助《たす》けるのは娘《むすめ》の務《つと》めだと言《い》ったんだ。たとえ、そんな仕事《しごと》をしたくなくても、やらなければならない。さて、クインス・ブロッサムは、内向的《ないこうてき》——つまり、おうちのなかに閉《と》じこもって、家事《かじ》だけをやるような娘《むすめ》だった。人生《じんせい》で最大《さいだい》の望《のぞ》みは、信心深《しんじんぶか》い家族《かぞく》を育《そだ》てて、よい夫《おっと》のためにおいしい料理《りょうり》を作《つく》ることだった。だから、料理《りょうり》が最悪《さいあく》に生《う》まれついたのは、運命《うんめい》の女神《めがみ》のいじわるだったわけなんだ。そんな彼女《かのじょ》は、おかあさんがなにをしてもらいたがっているかわかると、しくしくと泣《な》きだして、そのなみだは寝《ね》いすのブハラ刺繡《ししゅう》をぐっしょりとぬらした。

　けれども、おとうさんのために、結局《けっきょく》は、言《い》うとおりにしますと言《い》った。すぐにバシバルーカの一番腕利《いちばんうでき》きのスパイが呼《よ》ばれた。彼《かれ》は、大《おお》きなくだもののかごに娘《むすめ》を入《い》れると、売《う》り物《もの》のパイナップルを上《うえ》にかぶせ、山道《やまみち》を運《はこ》び、皇帝《スルタン》の陣営《じんえい》のなかへこっそりと入《い》れたんだよ。この評判《ひょうばん》のいいスパイはかごを市《いち》場《ば》におくと、あちこちを見《み》まわって、スパイをした。

　うまいことに、皇帝《スルタン》は新《あたら》しい料理人《コック》を必要《ひつよう》としていることがわかった。いいぞ！とスパイは思《おも》った。しかもまさにその日《ひ》、皇帝《スルタン》は王《おう》さまを毒殺《どくさつ》しようと計画《けいかく》していたこともわかった。当時《とうじ》、毒殺《どくさつ》がとてもはやっていたんだ。ぐずぐずしてはいられない。スパイは、新《あたら》しい料理人《コック》をしょうかいしてから、すぐに王《おう》さまのもとへかけつけて暗殺計画《あんさつけいかく》を知《し》らせ

なければならなかった。
もっともこのスパイは優秀《ゆうしゅう》で、やりかたを心得《こころえ》ていた。急《いそ》いで市場《いちば》へもどると、パイナップルの下《した》からクインス・ブロッサムを出《だ》して、皇帝《スルタン》の前《まえ》へ連《つ》れていった。この子《こ》こそ世《せ》界一《かいいち》の料理人《コック》であり、とくにパンケーキがじょうずなのだとじまんした。皇帝《スルタン》は、ためしにどんな料理《りょうり》をするのか使《つか》ってみようと言《い》った。娘《むすめ》は宮殿《きゅうでん》の台所《だいどころ》へ連《つ》れていかれ、スパイは急《いそ》いでもどっていった。
結局《けっきょく》、娘《むすめ》の料理《りょうり》で、皇帝《スルタン》はちゃんと死《し》んだ。最初《さいしょ》のパンケーキを食《た》べただけで、ベッドに運《はこ》ばれ、そこから二度《にど》と生《い》きて起《お》きあがることはなかったんだ。同《おな》じ料理《りょうり》を食《た》べて敵《てき》の軍隊《ぐんたい》の最《もっと》も優秀《ゆうしゅう》な将軍《しょうぐん》がふたり死《し》んだ。
かわいそうなクインス・ブロッサム！　彼女《かのじょ》は、なんてことをしてしまったのだろうと自分《じぶん》を責《せ》めたよ。自分《じぶん》が料理下手《りょうりべた》であることはわかっていた。でも、とくにパンケーキをひどく作《つく》ろうとしたわけではなかったんだ。ただ、そういう結果《けっか》になっ

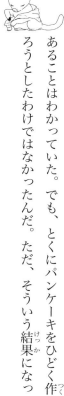

てしまっただけなんだ。どういうわけかひどい料理《りょうり》になってしまうんだ。ある種《しゅ》の才能《さいのう》といってもいいね。それに皇帝《スルタン》だって、王《おう》さまを毒殺《どくさつ》しようとしていたんだから、ある意味《いみ》で自業自得《じごうじとく》さ。それでもクインス・ブロッサムは台所《だいどころ》じゅうでわんわん泣《な》いて、国《くに》にげ帰《かえ》った。

　すると王《おう》さまの宮殿《きゅうでん》ではたいへんなお祝《いわ》いをしていて、みんなとてもしあわせそうに楽《たの》しくしていた。おとうさんの太宰相《だざいしょう》は、よろこんだ王《おう》さまから、ほうびの品《しな》をもらったり、勲章《くんしょう》をさずけられたりしていた。王《おう》さまご自身《じしん》がクインス・ブロッサムを呼《よ》びつけて感謝《かんしゃ》し、おかげで戦争《せんそう》に勝《か》ったとお礼《れい》を言《い》った。皇帝《スルタン》が死《し》んだために、バシバルーカのすばやくたくましい騎兵隊《きへいたい》が攻《せ》める前《まえ》に、キンキドゥー軍《ぐん》はすでににげさっていたんだ。王《おう》さまは娘《むすめ》に王室《おうしつ》づきの主任毒係《しゅにんどくがかり》の地位《ちい》についてくれと言《い》った。しかし、娘《むすめ》は、自分《じぶん》のパンケーキを食《た》べた人《ひと》がどうなったかを考《かんが》えるとまたどっと泣《な》きだして、その職《しょく》をことわった。

　王《おう》さまは娘《むすめ》をひざに乗《の》せてなぐさめた。そして、娘《むすめ》がなみだをぬぐうために顔《かお》のベールをどかしたとき、なんて美《うつく》しい娘《むすめ》なのかと気《き》づいた。王《おう》さまはまだ独身《どくしん》だったので、毒係《どくがかり》ではなく、妃《きさき》になってくれとすぐに申《もう》しこんだ。娘《むすめ》は、ニワトリが卵《たまご》を産《う》もうが産《う》むまい

が、おとうさんの首《くび》を切《き》ったりしないと約束《やくそく》してくださるなら、よろこんでお受《う》けしますと答《こた》えた。
王《おう》さまはそう約束《やくそく》した。好《す》きな料理《りょうり》をなんでも作《つく》ってよいとさえ言《い》ったんだ——王《おう》さまと軍隊《ぐんたい》がそれを食《た》べなくてもよいのなら。その料理《りょうり》は焼《や》き捨《す》てて、馬《うま》や犬《いぬ》も食《た》べないようにしたほうがいいと王《おう》さまは言《い》った。

こうしてふたりは盛大《せいだい》なお祝《いわ》いのなかで結婚《けっこん》し、いつまでもしあわせにくらしましたとさ。」

第《だい》七夜《や》　絶《ぜっ》対《たい》に失《しっ》敗《ぱい》するダイエット

ブタの作家《さっか》は、食事療法《しょくじりょうほう》について少《すこ》し語《かた》ったのち、美《うつく》しい夕日《ゆうひ》を見《み》てほんとうに自分《じぶん》らしい本《ほん》を書《か》こうという気《き》になったことを語《かた》る。

ドリトル家《け》の台所《だいどころ》のだんろに、すてきな火《ひ》がふたたびパチパチと燃《も》えあがり、けむりがえんとつのなかをたちのぼっていきました。初春《しょしゅん》の寒《さむ》さを追《お》いはらい、冬《ふゆ》がまだほんとうは終《お》わっていないのに夏《なつ》が来《き》たかのような気《き》にさせてくれました。

気《き》のいいサルのチーチーは、ゆかの上《うえ》を折《お》った枝《えだ》をひきずって運《はこ》び、運《はこ》べないほど大《おお》きなものは、たるのように転《ころ》がしておしていきました。通《とお》ったあとには木《き》の皮《かわ》やくずが落《お》ちていましたが、チーチーはだんろのほうきでそれをそうじしました。そしてまたお話《はなし》を聞《き》くために着席《ちゃくせき》したときには、台所《だいどころ》のゆかはきれいになっていて、ダブダブでさえ満足《まんぞく》するほどチリひとつ落《お》ちていませんでした。

ドリトル先生《せんせい》は書斎《しょさい》で大《おお》きな水《すい》そうをいじっていました。めずらしい水草《みずくさ》を屋内《おくない》の生活《せいかつ》にならそうとしていたのでした。家政婦《かせいふ》のダブダブは、だれにも――なにがあっても――先生《せんせい》のお仕事《しごと》のじゃまをすることをゆるしませんでした。

ほかのみんなは台所《だいどころ》に集《あつ》まっていました。ぼくらは、このころには、ガブガブが本《ほん》を読《よ》みあげるのを聞《き》くのを楽《たの》しみにしていたのでした。ダブダブは、あいかわらず、ブタの本《ほん》だの議論《ぎろん》だのをばかにしており、まったくくだらないと言《い》っていました。それでも、ダブダブがほとんど毎回《まいかい》聞《き》きに来《き》ていることに、ぼくらは気《き》づいていました。どうやらダブダブは食《た》べ物百科事典《ものひゃっかじてん》のことを、口《くち》で言《い》うほどくだらないと思《おも》っていないようなのでした。それにダブダブは、決《き》まった時間《じかん》になるとぼくらをベッドに追《お》いたてることもしなくなりました。ですから、ガブガブが食《た》べ物《もの》について語《かた》りおえたときには、窓《まど》から朝空《あさぞら》の薄《うす》い青《あお》い光《ひかり》がきらきらともれてくることすらあったのです。

フクロウのトートーとオウムのポリネシアは、どんなときにもあまり発言《はつげん》をしませんでした。そのせいで、とてもかしこいという評判《ひょうばん》を苦労《くろう》せずに得《え》ていたのだと思《おも》います。ぼく自身《じしん》は、偉大《いだい》なブタの作家《さっか》が次《つぎ》にどんなおどろきをあたえてくれるだろうと、いつもわくわくしていました。

ロンドン・スズメのチープサイドと白《しろ》ネズミのホワイティは、ガブガブ博士《はかせ》の講義《こうぎ》をとてもすなおに楽《たの》しんでいました。とくにおかしなところがツボにはまったりすると、小学《しょうがく》生《せい》みたいに笑《わら》いころげたり、くすくす笑《わら》ったりしていました。

不平《ふへい》ばかり言《い》うジップでさえ、だんだんと文句《もんく》を言《い》わなくなり、言《い》うときは、まるで文《もん》句《く》を言《い》うのが自分《じぶん》の役目《やくめ》であるかのように、わざと――ほんとうに思《おも》ったことではなく――いじわるなことを言《い》っているかのように思《おも》えました。

サラダ・ドレッシング博士《はかせ》は、その晩《ばん》、なかなかやってきませんでした。ついにあらわれると、ピンクの鼻《はな》のまわりのつややかな白《しろ》いひげをいらいらと三十分間《さんじっぷんかん》もひねっていた白《しろ》ネズミが、どうして遅《おく》れたのかと理由《りゆう》をたずねました。

「ひとつにはね、」と、ガブガブ。「『食《た》べ物《もの》の夢《ゆめ》の本《ほん》』を読《よ》んでいたからさ。」

「ちょれ、なあに？」と、白《しろ》ネズミは、たずねました。

「ああ、たいした本《ほん》じゃない」と、ガブガブ。「かなりつまらないよ。それでも目《め》を通《とお》しておこうと思《おも》ったんだ。その本《ほん》には食《た》べ物《もの》についての夢《ゆめ》の意味《いみ》が書《か》いてあった。たとえば、ブロッコリーを食《た》べている夢《ゆめ》を見《み》ると、なにかの事件《じけん》ないし事故《じこ》がふりかかるって書《か》いてある。また、カブをおなかいっぱい食《た》べる夢《ゆめ》を見《み》たら、とても早《はや》いうちに仕事《しごと》か恋愛《れんあい》で成《せい》功《こう》するというんだ。

でも、今晩《こんばん》おそくなった一番《いちばん》の理由《りゆう》は、ピルクランク博士《はかせ》のところにおじゃましていたせいさ。ピルクランク博士《はかせ》は、食事療法《しょくじりょうほう》（ダイエット）ではなくて、精神療法《せいしんりょうほう》で人《ひと》の体重《たいじゅう》を減《へ》らすことができると新聞《しんぶん》に広告《こうこく》を出《だ》している人《ひと》だ。」

「食事療法《ちょくじりょうほう》って、なあに？」白《しろ》ネズミが、たずねました。

「食事療法《しょくじりょうほう》っていうのは、」と、ガブガブ。「食《た》べたいものを食《た》べずに、食《た》べたくないものを食《た》べることさ。ぼくはかなり太《ふと》ってきてしまったから、この精神療法《せいしんりょうほう》をためしてみたいと思《おも》ってね。食事療法《しょくじりょうほう》なんかよりもずっとましに思《おも》えたんだ。だけど、ひどくがっかりしたよ。ピルクランク博士《はかせ》の療法《りょうほう》っていうのは、ようするにひとつのことを何度《なんど》も何度《なんど》も自分《じぶん》に唱《とな》えるんだよ――『もしもしおなかよ、おなかさん、世界《せかい》のうちでおまえほど、大《おお》きくじゃまなものはない。早《はや》くなくなれ、消《き》えとくれ。』そんなことしたって、ぼくの体型《たいけい》が変《か》わる気配《けはい》はまったくなかった。

　これを毎日数回《まいにちすうかい》唱《とな》えたら、なにを食《た》べてもいいそうだ、精神的《せいしんてき》に――つまり、心《こころ》のなかで。博士《はかせ》はすてきなメニューを書《か》いてくれたよ――アーティチョーク、じゃがいも、スパゲッティー、つめ物入《ものい》りナツメヤシ、チーズ・トーストとか、いっぱい。それを朝食《ちょうしょく》、昼《ちゅう》食《しょく》、夕食《ゆうしょく》に食《た》べたつもりになるんだ。それでぼくが必要《ひつよう》とする栄養《えいよう》はとれたことになるそうなんだけれど、だめだったね。そんなの思《おも》いうかべただけで、おなかがすくだけだった。しかも朝《あさ》と昼《ひる》に大麦《おおむぎ》のせんじ汁《じる》しか飲《の》ませてもらえなかった。それ以外《いがい》はずっと食《た》べることを考《かんが》えていろっていうわけさ。夜《よる》、まくらの下《した》にリンゴを二、三個《こ》かくしておくだけのおちつきがなかったら、今《いま》ごろどうなっていたかわかりゃしないよ。もうあの博士《はかせ》のところへは行《い》かない。こんなんでものすごいお金《かね》を要求《ようきゅう》して、それを〝ピルクランク博士《はかせ》の肥満対策精神療法《ひまんたいさくせいしんりょうほう》〟なんて呼《よ》んでいるんだから。」

「肥満《ひまん》って？」と、白《しろ》ネズミ。「ちょれって、ピザまんとか肉《にく》まんの仲間《なかま》？」

「そうだよ」と、ジップがうなりました。

「君《きみ》が入《はい》ってくる前《まえ》、」と、白《しろ》ネズミが言《い》いました。「ぼくらは君《きみ》の本《ほん》にちゅいてちょっと議論《ぎろん》ちてたんだ。ぼくは君《きみ》の味方《みかた》をちたよ。食《た》べ物《もの》のお話《はなし》が一番好《いちばんちゅ》きって言《い》ったんだ。で

もチーチーは、あの本《ほん》の大部分《だいぶぶん》は、君《きみ》がでっちあげたもんだろうって言《い》った。ジップは、君《きみ》の頭《あたま》からなにかが出《で》てくるはじゅがないって言《い》った。君《きみ》の頭《あたま》でなにかできるとちたら、からっぽの荷箱《にばこ》ぐらいだろうってね。でも、チーチーは、君《きみ》のお話《はなち》がたいてい『いちゅまでも、ちあわちぇにくらちまちたとちゃ』で終《お》わっているから、自分《じぶん》が言《い》うことにまちがいはないって言《い》うんだ。ちょれって、たいていおとぎ話《ばなち》が終《お》わるときの終《お》わりかただよね？　君《きみ》があの本《ほん》のどれくらいをほんとに自分《じぶん》の思《おも》いちゅきだけで書《か》いているのか、ぼくら知《ち》りたくてたまらないんだ。」

　ガブガブは、自分《じぶん》のメガネをていねいにふきました。しばらくだまっているので、このサラダ・ドレッシング博士《はかせ》から重大発表《じゅうだいはっぴょう》があるのだと、みんな思《おも》いました。

「今《いま》の話《はなし》で、ぼくの本《ほん》の特別《とくべつ》な部分《ぶぶん》を思《おも》い出《だ》したよ」と、ガブガブは話《はな》しはじめました。「それはわざと最後《さいご》までとっておいたんだ。つまり、ぼくの朗読《ろうどく》の最後《さいご》までね。文献調査《ぶんけんちょうさ》——つまり、食《た》べ物《もの》の歴史《れきし》、地理《ちり》、伝説《でんせつ》といったものを図書館《としょかん》で調《しら》べること——のほかに、すっかりぼく自身《じしん》が考《かんが》え出《だ》した、ちょっとしたことを書《か》きたいと思《おも》っていたんだ。ぼくは、それを書《か》いた。そうしたことをとても誇《ほこ》りに思《おも》っている。」

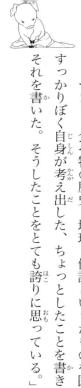

「ちょれ、食《た》べ物《もの》のお話《はなし》？」と、白《しろ》ネズミ。

「言《い》ってみれば、まあ、そうだね」と、作家《さっか》。「〝食《た》べ物小説《ものしょうせつ》〟と呼《よ》んでもいいかな。でも、それもまたちょっとちがう。なんて呼《よ》んでいいかわからないから、自分《じぶん》でことばを発明《はつめい》してみた。それは〝エピックニック〟っていうんだ。」

「なんだ、そりゃ？」ジップがうなりました。

「エピックというのは叙事詩《じょじし》のことだ」と、ガブガブ。「どうどうとした詩《し》、あるいは詩《し》的《てき》なことばで書《か》かれた歴史物語《れきしものがたり》さ。たとえば、ホメロスが書《か》いたトロイのヘレナの物語《ものがたり》を叙事詩《エピック》という。だけど、ぼくの作品《さくひん》は、もっと食《た》べ物《もの》が入《はい》っていて、もっとおいしそうになっているから、エピックニックと呼《よ》ぶことにした。エピックということばに、ピクニックをくっつけたんだ。国王《こくおう》ガツガツ二世《せい》、別名《べつめい》ピクニック王《おう》のお話《はなし》さ。

はじまりが変《か》わっているんだ。たいていの人《ひと》は、ブタは食《た》べ物《もの》のことしか考《かんが》えていないと思《おも》ってるだろ。じつはそうじゃない。若《わか》いブタがずらりとならんで物《もの》ほしそうな顔《かお》をしていても、じゃがいもの夢《ゆめ》を見《み》ているだけだなんて思《おも》っちゃいけない。あるすてきな日《ひ》の午後《ごご》、ぼくは、美《うつく》しい夏《なつ》の風景《ふうけい》を満喫《まんきつ》していたんだ。八月《がつ》の夕日《ゆうひ》の赤《あか》い光《ひかり》をあびながら、ね。

ワサビダイコンの根《ね》を考《かんが》えぶかくかんでいたけど、心《こころ》は詩《し》でいっぱいだったんだ。ぎっしりとね。
『結局《けっきょく》のところ、』と、ぼくは考《かんが》えた。『ぼくはいなかのブタだ。いなか紳士《しんし》だ。都会生活《とかいせいかつ》は短《みじか》いあいだなら結構《けっこう》だ——気分転換《きぶんてんかん》になる。だけど、なんだかんだ言《い》っても、いなかにまさるものはない。目《め》の前《まえ》に広《ひろ》がるこのすてきな風景《ふうけい》を見《み》てみろ。草《くさ》でおおわれた、うねるような丘《おか》、湖畔《こはん》に広《ひろ》がる新《しん》緑《りょく》の草原《そうげん》。』こういうところから、詩《し》って生《う》まれてくるんだよ。『新緑《しんりょく》の草原《そうげん》』じゃピンとこないかもしれないけど、『湖畔《こはん》に広《ひろ》がる』ならすぐに生《い》き生《い》きとしたイメージが見《み》えてくるだろ。『湖《こ》畔《はん》』っていうのは、湖《みずうみ》のそばってこと。『新緑《しんりょく》』は、若葉《わかば》のつややかな緑色《みどりいろ》を指《さ》す。水分《すいぶん》たっぷり

でみずみずしいけど、ぬかるんでいるわけじゃない。新緑《しんりょく》の草原《そうげん》は、おいしいユリの根《ね》なんかがとれるすばらしい土地《とち》だよ。

さて、そういう感《かん》じでつづけるとね――『かげさす草《くさ》むら、谷《たに》あいをくねって流《なが》れるすずしげでゆったりとした川《かわ》、ふくよかなおいしいドングリが、あちこちのナラの木《き》の下《した》にどっさり落《お》ちていて、そのあいだに小《ちい》さなきのこ、こがボタンのように顔《かお》を出《だ》している。ハリエニシダの木立《こだ》ちでは、やさしいウサギたちがちょこちょこと出入《ではい》りしている。すっかり花《はな》をつけてよくのびたクローバーが風《かぜ》にそよぐ。実《みの》った黒《くろ》イチゴがはずかしそうに生《い》けがきにかくれている。野生《やせい》リンゴがあたり一面《いちめん》にころがっている』――こんな風景《ふうけい》を見《み》て、だれかが言《い》ったもんだ、『どこを見《み》てもよろこびの風景《ふうけい》、ただ人間《にんげん》のみが――』（賛美歌作《さんびかさっ》家《か》レジナルド・ヒーバーの詩《し》より）

『だけど、待《ま》てよ！』と、ぼくは自分《じぶん》に言《い》った。『これ、トリュフのにおいかな？　まちがいない、トリュフだ！　でも、さがしたりしないぞ。誘惑《ゆうわく》されない。ぼくの崇高《すうこう》な気分《きぶん》を、世俗《せぞく》の考《かんが》えでじゃましてはいけない。』つまり、ぼくはどんどん詩的《してき》な気分《きぶん》になっていったんだ。ぼくは、草《くさ》の生《は》えた土手《どて》でキバナノクリンザクラにかこまれてあおむけに寝《ね》

て、目《め》を半分《はんぶん》閉《と》じた。完全《かんぜん》な詩《し》のおかげで、飢《う》え死《じ》にだってできたかもしれない。真《しん》に偉《い》大《だい》な作家《さっか》には、そんなことだって起《お》こるのさ。

ところが、ハチがやってきて、ぼくの鼻《はな》を刺《さ》した。ぼくが食《た》べていたクローバーのにおいにひきよせられたんだろうね。でも、ぼくは自然全体《しぜんぜんたい》に、とってもやさしい気持《きも》ちになっていたから、それくらいのことでぼくのおだやかな気分《きぶん》がこわされるようなことはなかった。それに、ブタの鼻《はな》ってがんじょうだから、怒《おこ》った黒《くろ》クマンバチだって、ぼくが詩《し》やファンタジーに夢中《むちゅう》になっているときに、じゃますることはできないんだ。ぼくはただ、すずしいギシギシの葉《は》を一枚《まい》とって、顔《かお》にのっけた。すぐに食《た》べちゃったけどね。詩人《しじん》だって、栄養《えいよう》が必要《ひつよう》だもん。

『あの心地《ここち》よい風景《ふうけい》に』と、ぼくは言《い》った。『ぼくの天才的想像力《てんさいてきそうぞうりょく》をちょっとくわえれば、偉大《いだい》な劇《げき》の最初《さいしょ》の場面《ばめん》ができるだろう。あるいは、食《た》べ物《もの》オペラ、味《あじ》わいぶかい詩《し》——なんでもござれだ——これからずっとおいしく食《た》べる人《ひと》たちが読《よ》んだり朗唱《ろうしょう》したりする芸術《げいじゅつ》ができあがるだろう。ここにその第《だい》一幕《まく》がある。これって、〝ピクニック王国《おうこく》〟そのものじゃないか？』

ぼくは、創作意欲《そうさくいよく》に燃《も》えたって飛《と》び起《お》きた。起《お》きたときに、また二ひきのハチに刺《さ》されちゃった——どうやら、ハチの巣《す》の上《うえ》にすわってたみたいなんだ。でも、ぼくは気《き》にしなかった。紙《かみ》のたばを手《て》にして、仕事《しごと》にかかった。書《か》いて書《か》いて書《か》きまくったよ。紙《かみ》がなくなると、ギシギシの葉《は》に書《か》きつけた。葉《は》っぱがなくなると、なんでも手《て》に入《はい》るものに書《か》きつけた。近《ちか》くで葉《は》っぱを食《た》べていた牝《め》牛《うし》を追《お》いかけて、その体《からだ》じゅうに書《か》きつけたりもしたよ。書《か》きたいことがいっぱいあったんだ。

そうやって書《か》いているうちに、国王《こくおう》ガツガツ二世《せい》の物語《ものがたり》が、王《おう》のために作《つく》られたようなあの美《うつく》しい景色《けしき》のなかで生《う》まれてきたんだ。気《き》づかないうちにいつの間《ま》にか夜《よる》になっていた。そして、夜《よ》が明《あ》けると、農場《のうじょう》の少年《しょうねん》が牛《うし》の乳《ちち》しぼりにやってきた。ぼくはもう書《か》くのがとまらなくなっていて、その子《こ》にも書《か》きつけようとしたんだけど、その子《こ》はそうさせてくれなかった。そこで、かわりに最後《さいご》の文《ぶん》を木《き》の幹《みき》に書《か》きつけたんだ。

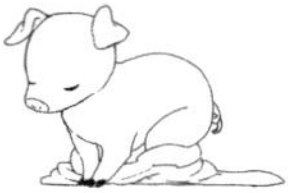

太陽《たいよう》がさんさんと輝《かがや》くようになったとき、ぼくはとうとう書《か》くのを終《お》えた。つかれきって、のどがかわいて、おなかがすいてたけど、しあわせだった――作家《さっか》が自分《じぶん》の仕事《しごと》をきちんと終《お》えられたと感《かん》じたときに味《あじ》わうことのできる幸福感《こうふくかん》だ。ぼくはぐっすりねむったよ。そのあいだに牛《うし》は、ぼくのギシギシの葉《は》を食《た》べつくし、草《くさ》のなかをころがって、からだに書《か》きつけた文字《もじ》をぜんぶ消《け》してしまった。

でも、かまわなかった。あの偉大《いだい》なエピックニックは、ちゃんとぼくの頭《あたま》のなかに残《のこ》っていたんだ。ぼくはおうちに帰《かえ》って、包《つつ》み紙《がみ》に書《か》きつけたよ。そして今《いま》、みんなのおゆるしがあれば、それを読《よ》んで聞《き》かせてあげよう。」

あちこちでいすを動《うご》かしたり、がさごそと動《うご》いたりする音《おと》がしました。チーチーは大《おお》きな丸太《まるた》をころがしてきて火《ひ》にくべました。そして白《しろ》ネズミは、ひげをさらにひねってから、こしをおちつけて聞《き》く体勢《たいせい》に入《はい》りました。

第《だい》八夜《や》　世《せ》界《かい》一《いち》お金《かね》持《も》ちな王《おう》様《さま》

ピクニック王《おう》として知《し》られるガツガツ二世《せい》の生涯《しょうがい》の物語《ものがたり》。王《おう》さまのふしぎな宮廷《きゅうてい》。そのおかしな生《い》きかた。そのものすごい財産《ざいさん》。これより作家《さっか》はそのエピックニックをはじめる（ねがわくば、シェイクスピアの作品《さくひん》と同《おな》じぐらい長《なが》く残《のこ》りますように）。作家《さっか》は、王《おう》の有名《ゆうめい》なピクニックのうち最大《さいだい》のものを描写《びょうしゃ》し、世界《せかい》じゅうからそこへ招待《しょうたい》されたふしぎな客《きゃく》たちの話《はなし》もする。偉大《いだい》なクリストフ・プランタンと王《おう》さまの交友《こうゆう》について語《かた》る。このフランス人《じん》のソネットが、王《おう》さま自身《じしん》が自分《じぶん》の誕生日《たんじょうび》に料理《りょうり》に使《つか》った黄金《おうごん》のおなべにきざまれるようになったいきさつを語《かた》る。

「さて、ガツガツ家《け》は、王《おう》さまになる前《まえ》から、国一番《くにいちばん》の身分《みぶん》の高《たか》い貴族《きぞく》だった。老《お》いたガツガツは戦《いくさ》に明《あ》けくれて、最《もっと》も強力《きょうりょく》な王《おう》さまとして広《ひろ》く知《し》られ、おそれられていた。のちにガツガツ一世《せい》として王位《おうい》についたとき、王《おう》さまは征服《せいふく》した土地《とち》をくわえて国《くに》をとても豊《ゆた》かにしたんだ。なくなったあとも、その戦《たたか》いの腕前《うでまえ》は、長《なが》いこと語《かた》り草《ぐさ》になっていた。その治世《ちせい》は、〝騎士道《きしどう》の時代《じだい》〟として貴族《きぞく》からも庶民《しょみん》からもなつかしがられた。騎士《きし》はだいたんで、ご婦人《ふじん》は美《うつく》しく、兵士《へいし》は国王軍《こくおうぐん》にくわわることを誇《ほこ》りに思《おも》っていた時代《じだい》だった。

そのため、その息子《むすこ》ガツガツ二世《せい》が王位《おうい》についたとき、どんな王《おう》さまになるのだろうかといろいろうわさされた。尊敬《そんけい》されていた父親《ちちおや》がお手本《てほん》としてある以上《いじょう》、国民《こくみん》の期待《きたい》にこたえるためには、最初《さいしょ》から偉大《いだい》な人物《じんぶつ》であらねばならないことははっきりしていた。

新《あたら》しい国王《こくおう》はすごい戦《たたか》いをして統治《とうち》をはじめるのではないかと考《かんが》える人《ひと》がほとんどだった。たくさん勝利《しょうり》をして、国民《こくみん》によい印象《いんしょう》をあたえ、王国《おうこく》の領土《りょうど》をさらに広《ひろ》げるのではないかと思《おも》われていたんだ。

ところが、王《おう》さまはそんなことを一切《いっさい》しなかったため、みんなとてもびっくりした。武《ぶ》装《そう》した騎士《きし》を呼《よ》びつけてそこいらじゅうでラッパをふかせるかわりに、大蔵大臣《おおくらだいじん》と銀行《ぎんこう》に

どれぐらいのお金《かね》があるのか、国庫《こっこ》の状態《じょうたい》がどのようなものかわかっている事務官《じむかん》を何百《なんびゃっ》回《かい》と呼《よ》びつけたんだ。父親《ちちおや》が国《くに》を豊《ゆた》かにしてくれたことはわかっていたけど、銀行《ぎんこう》の通帳《つうちょう》が調《しら》べられたときには、ガツガツ二世《せい》さえもこしをぬかしたのさ。彼《かれ》は、史上最高《しじょうさいこう》に豊《ゆた》かな国《くに》の王《おう》さまとなっていたんだ。ガツガツ一世《せい》はとても倹約家《けんやくか》で、料理人《コック》が新《あたら》しいエプロンを買《か》うにしても、大蔵大臣《おおくらだいじん》の特別《とくべつ》な許可《きょか》に王《おう》さまの署名《しょめい》がなければならないとしたんだ。

新《あたら》しい国王《こくおう》は考《かんが》えた。『国庫《こっこ》に使《つか》いきれないほどのお金《かね》があるのだから、戦争《せんそう》をする必《ひつ》要《よう》はないな。』こうなっては火薬《かやく》を買《か》って爆破《ばくは》させたり、新《あたら》しいかぶとを買《か》っておしゃかにしたりするのは、ばかげているように思《おも》えた。そのかわりに王《おう》さまはすぐに命令《めいれい》を出《だ》して、すべての料理人《コック》に新《あたら》しいエプロンとコック帽《ぼう》を買《か》わせたんだ。王室《おうしつ》づきの庭師《にわし》には新《あたら》しい服《ふく》を支給《しきゅう》し、宮殿《きゅうでん》の食堂《しょくどう》には新《あたら》しい金《きん》と銀《ぎん》の食器《しょっき》を買《か》わせた。ブタには新《あたら》しいブタ小《ご》屋《や》を、牛《うし》には新《あたら》しい牛小屋《うしごや》を建《た》てさせ、牛乳《ぎゅうにゅう》を入《い》れるバケツも上等《じょうとう》な白目《しろめ》（おもにスズから成《な》る合金《ごうきん》）の容器《ようき》にするといったようなことをさせたんだ。

つまり、ガツガツ二世《せい》は父親《ちちおや》と同《おな》じような軍人《ぐんじん》としての名声《めいせい》を得《え》ようとしても意味《いみ》がないと考《かんが》えたわけだ。自分《じぶん》は新《あたら》しい種類《しゅるい》の名声《めいせい》を打《う》ちたてようと考《かんが》えた。父親《ちちおや》は〝戦勝王《せんしょうおう》ガツガツ〟として知《し》られたけど、自分《じぶん》は〝浪費王《ろうひおう》ガツガツ〟として歴史《れきし》に名《な》を残《のこ》そうとしたんだ。

そしてまあ、お金《かね》を使《つか》ったこと、使《つか》ったこと！　最初《さいしょ》は大蔵大臣《おおくらだいじん》と会計局長官《かいけいきょくちょうかん》が、一メートルほどもある勘定書《かんじょうが》きを持《も》って、日《ひ》に五、六回《かいと》飛んできて、『こんなことはいつまでもつづきませんから、お気《き》をつけてください』と言《い》ったものだった。『どんなに豊《ゆた》かでも、これでは国《くに》がつぶれます』と言《い》ったんだ。ところが、ガツガツ二世《せい》は手《て》をふって彼《かれ》らをさっさとさがらせて、お気《き》に入《い》りの馬《うま》に新《あたら》しい銀《ぎん》の蹄鉄《ていてつ》を注文《ちゅうもん》したのさ。

しばらくして——おどろいたことに——大蔵大臣《おおくらだいじん》たちは、王《おう》さまが正《ただ》しいのかもしれな

いとわかりはじめた。世間《せけん》の目《め》から見《み》て、王《おう》ないし王妃《おうひ》と認《みと》められるためには、当時《とうじ》は——今日《こんにち》もそうだけど——お金持《かねも》ちじゃなければならなかった。国《くに》を運営《うんえい》するにはものすごいお金《かね》がかかった。やがて、世界《せかい》じゅうの人《ひと》たちは、どこよりもお金《かね》を使《つか》っているガツガツ王国《おうこく》こそ、世界一《せかいいち》お金持《かねも》ちなのだと思《おも》うようになった。地球《ちきゅう》のあちらこちらから商人《しょうにん》たちがやってきて、ガツガツ王国《おうこく》で店《みせ》を開《ひら》いて商売《しょうばい》をしようとやっきになった。ガツガツ王国《おうこく》はびんぼうになるどころか、お金《かね》を使《つか》えば使《つか》うほどますます豊《ゆた》かになったんだ。

さて、つぎにガツガツ王《おう》は本格的《ほんかくてき》に食事《しょくじ》に夢中《むちゅう》になった。もちろん、めずらしいことじゃない。王《おう》さまだって、農民《のうみん》と同様《どうよう》に、食事《しょくじ》はするんだから。それに自分《じぶん》で発明《はつめい》した料理《りょうり》のおかげで有名《ゆうめい》になった王《おう》はたくさんいるよ。枢機卿《すうききょう》や公爵《こうしゃく》たちは、みずから台所《だいどころ》に立《た》って、自分《じぶん》たちの名声《めいせい》を文明社会《ぶんめいしゃかい》のすみずみまで伝《つた》えてくれる食事《しょくじ》の準備《じゅんび》をすることを恥《は》ずかしいなんて思《おも》っていなかった。

ところが、ガツガツ王《おう》は、それ以上《いじょう》だった。その、ありとあらゆる、ものすごいぜいたくによって、国《くに》を繁栄《はんえい》させ、有名《ゆうめい》にし——そのため、『ガツガツのように金持《かねも》ち』という表現《ひょうげん》が生《う》まれたほどだったけど——王《おう》さまは、世界《せかい》をあっと言《い》わせるようなやりかたでおいしい食《た》べ物《もの》に取《と》り組《く》んだのさ。このころには、王《おう》さまは世《よ》の中《なか》をほんとうにおどろかせるようになっていたんだ。

食事《しょくじ》の重要性《じゅうようせい》が、これほどまでに高《たか》められたことはなかったよ。新《あたら》しいソースを考《かん》え出《だ》した台所《だいどころ》の下《した》ばたらきの女《おんな》の人《ひと》には、たくさんのほうびがあたえられた。シェフ（料理《りょう》長《ちょう》）は、王室《おうしつ》でとても重要《じゅうよう》な人物《じんぶつ》となったため、外国《がいこく》から大臣《だいじん》がやってくると、宮殿《きゅうでん》の謁《えっ》見室《けんしつ》で公式《こうしき》のあいさつをする前《まえ》に、まず台所《だいどころ》へ行《い》ってなべかまの前《まえ》でシェフとおしゃべりをするのがふつうになった。

そして、王《おう》さまが用意《ようい》させた晩《ばん》さんや昼食《ちゅうしょく》といったら！　その食堂《しょくどう》の豪華《ごうか》さはだれにも負《ま》けないと王《おう》さまは言《い》ったけど、じつは、アル・フレスコ式《しき》の食事《しょくじ》が一番《いちばん》お好《この》みだった。」

「アル、だれだって？」と、チープサイド。

「アル・フレスコ」と、ガブガブ。「それは、『戸外《こがい》で』って意味《いみ》で、えっと、イタリア語《ご》だよ。」

「ああ、外国式《がいこくしき》ってやつだな」と、チープサイドは言《い》いました。「てっきり、おれの旧友《きゅうゆう》のアル・フレッシュフェイスのことかと思《おも》っちまったよ。アルはすげえ、いいやつだっ

た！　いつだって、パンくずやチーズのかけらをおれのためにとっといてくれたんだ。馬車《ばしゃ》の御者《ぎょしゃ》でね。つづけろよ、博士《はかせ》。じゃまするつもりじゃなかったんだ。」

「さて、ガツガツ二世《せい》がのちの世《よ》にピクニック王《おう》として知《し》られるようになったのは、この戸外《こがい》で食事《しょくじ》をする習慣《しゅうかん》のためだった。王《おう》さまにはほかにも、〝黄金《おうごん》ノミのグランドマスター〟や〝ガーターとサスペンダー騎士《きし》〟など、りっぱな称号《しょうごう》がたくさんあった。けど、その長《なが》くいそがしい生涯《しょうがい》を通《とお》して、臣下《しんか》から『ピクニック王《おう》』と呼《よ》ばれるのをなによりうれしく思《おも》っていたんだ。

王《おう》さまは、配給連合《はいきゅうれんごう》という、おいしいものを食《た》べるための国際的《こくさいてき》なクラブのようなものを作《つく》った。歴史上有名《れきしじょうゆうめい》なクラブさ。

でも、ガツガツ王《おう》が自分《じぶん》の最高《さいこう》の芸術《げいじゅつ》だと考《かんが》え、おそらく末長《すえなが》く記憶《きおく》されることとなったピクニックは、大《おお》いに愛《あい》された王《おう》さまが中年《ちゅうねん》と呼《よ》ばれる時期《じき》をすごしたころの七月《がつ》に開《ひら》かれた。こんなすごいピクニックは、それまでなかった。世界《せかい》じゅうからお客《きゃく》が招待《しょうたい》された。

大《だい》ピクニックは、ぼくがすでに説明《せつめい》したすてきな場所《ばしょ》で開《ひら》かれた。広《ひろ》い広《ひろ》いしばふには、多《おお》くのシェフ、召《め》し使《つか》い、そしてお客《きゃく》に給仕《きゅうじ》するウエイトレスがものすごい群《む》れをなし、

お客《きゃく》の数《かず》は一千人《にん》をくだらなかったと言《い》われている。

あまりにも長《なが》い招待客名簿《しょうたいきゃくめいぼ》をここでぜんぶ読《よ》みあげたりするのはばかげていると思《おも》うけど、王立料理学校《おうりつりょうりがっこう》の図書館《としょかん》の特別《とくべつ》な本《ほん》には、完全《かんぜん》な記録《きろく》が残《のこ》っているよ。外国人《がいこくじん》の名前《なまえ》がたくさんあるけど、それは、ガツガツ王《おう》があまりにもお金持《かねも》ちで、そのお金《かね》が世界《せかい》でとても力《ちから》をもっていたから、外国《がいこく》の王族《おうぞく》や貴族《きぞく》がなんとかして王《おう》さまに取《と》り入《い》ろうとしたせいだよ。

まずはじめに、ブレンハイムオレンジ王妃《おうひ》が、娘《むすめ》のマジョラムとヘンルーダのモクセイソウ王女《おうじょ》といっしょにご出席《しゅっせき》になった。それ

から、ギリシャ・グレービー国《こく》の王位継承者《おういけいしょうしゃ》チンチクリン王子《おうじ》。父親《ちちおや》がぜひ大《だい》ピクニックに出席《しゅっせき》するようにと強《つよ》く希望《きぼう》したんだ。そして、チンチクリン王子《おうじ》はたしかに父親《ちちおや》の王国《おうこく》に大《おお》きな名誉《めいよ》をあたえた。食《た》べすぎてしまって、自国《じこく》の軍馬《ぐんば》に乗《の》って帰《かえ》ることができなくなり、二頭《とう》ずつ六列《れつ》の牛《うし》が引《ひ》く牛車《ぎっしゃ》を特別《とくべつ》に用意《ようい》してもらって帰国《きこく》したのさ。

ロシアのドン・コサック軍《ぐん》の指揮官《しきかん》ヴラジーミルも出席《しゅっせき》した。それほどまでに遠《とお》くからのお客《きゃく》がとくに大切《たいせつ》にされたことはわかるよね。彼《かれ》は気《き》に入《い》らない別《べつ》の客《きゃく》にむかってハムの骨《ほね》を投《な》げつけたけど、そんなことは、ヴラジーミルの国《くに》ではどうってことなかったんだ。でも、ガツガツ王《おう》のお上品《じょうひん》な宮廷《きゅうてい》では、ちょっとしたさわぎになっちゃった。

ほかにもたくさんの王《おう》さまやお妃《きさき》さまが、東《ひがし》から南《みなみ》から西《にし》から北《きた》からやってきた。家族《かぞく》や国家《こっか》の事情《じじょう》で本人《ほんにん》がやってこられない場合《ばあい》は、代理《だいり》としてえらい大使《たいし》を送《おく》ってきた。たとえば、ルバーブ共和国《きょうわこく》の独裁者《どくさいしゃ》ベリーニ・アンチョビーは国《くに》で革命《かくめい》が起《お》きたけど、かわりに叔父《おじ》さんのドン・カストロ・ビストロが出席《しゅっせき》した。とてもハンサムだったけど、あまり人気《にんき》はなかった。バルルデュック公爵《こうしゃく》はいつも痛風《つうふう》になやまされていて、アマニ大使《たいし》が代理出席《だいりしゅっせき》したとか、そんな具合《ぐあい》だよ。

でも、招待客《しょうたいきゃく》のほとんどは土地《とち》をもったお歴々《れきれき》だった。高貴《こうき》な血筋《ちすじ》なんだけど、これらの大公国《たいこうこく》や貴族《きぞく》の血縁《けつえん》であるというよりは、自分《じぶん》の領地《りょうち》でなしとげたことで有名《ゆうめい》な人《ひと》たちだった。いずれも農作業《のうさぎょう》が好《す》きな人《ひと》たちであり、自分《じぶん》たちの牛《うし》の優秀《ゆうしゅう》さ、アスパラガスの質《しつ》のよさ、自分《じぶん》たちのところでとれるハチミツのおいしさで評判《ひょうばん》になるほうが、『アーサー王《おう》の死《し》』にえがかれた騎士《きし》としての功績《こうせき》や世界初《せかいはつ》の土地台帳《とちだいちょう》に祖先《そせん》の名《な》が記《しる》されていることよりもずっとほこらしいと思《おも》っていたんだ。だからこそ——いわば、それぞれの道《みち》の最高《さいこう》の専門家《せんもんか》であったために——ガツガツ二世王《せいおう》の大《だい》ピクニックにまねかれたってわけ。

少《すこ》し名前《なまえ》をあげれば——とらわれのおこめ（おとめ、じゃないよ）を救《すく》った有名《ゆうめい》な騎士《きし》サー・ランスロット・ペロペロキャンディー。野菜研究《やさいけんきゅう》で大人気《だいにんき》となったオランダの博物学者《はくぶつがくしゃ》ステーキ子爵《ししゃく》。ドナウ川《がわ》の酪農工場《らくのうこうじょう》で世界一《せかいいち》のバターを作《つく》ってるブダペストのマシュマロ伯爵《はくしゃく》ガンボ・グヤーシュ。サー・シナモン・バン。スコットランドの高名《こうめい》な二大地主《だいじぬし》サー・ベンジャミン・バタースコッチとサー・ハギス・マクタヴィッシュ。地方一《ちほういち》のメロンを育《そだ》てたヴァイオラ・ヴィネグレット夫人《ふじん》。パリの最《もっと》も有名《ゆうめい》なサロンの主催者《しゅさいしゃ》マダム・O《オー》・グラタン。

サー・シメオン・ソーセージリーもいた。ウォーター・スパニエル犬《けん》の飼育《しいく》と調教《ちょうきょう》についてだれよりもくわしいとされる人《ひと》だよ。フランスのパイ料理《りょうり》の専門家《せんもんか》――と言《い》うのは、食《た》べるのが専門《せんもん》ということだけど――であるドーナツ伯爵夫人《はくしゃくふじん》もいらっしゃっていた。オレンジ家《け》の直系《ちょっけい》にあたるサー・マーマデューク・マーマレード。ブドウ（武道《ぶどう》）にすぐれたチャツネ回教国《かいきょうこく》の皇妃《こうひ》ファティマ。クリームチーズに人生《じんせい》をささげたヨーグルト伯爵夫人《はくしゃくふじん》。高貴《こうき》な芽《め》キャベツ家《け》の若《わか》き殿《との》ヤサイクズ。ビャクシン判事《はんじ》は、のちにオギョギ・ワル夫人《ふじん》というとても陽気《ようき》な若《わか》いご婦人《ふじん》と結婚《けっこん》するんだけど、ふたりの年《とし》の差《さ》が大《おお》いに話題《わだい》になった。キャラメル・カスタード伯爵老夫人《はくしゃくろうふじん》。それから食《た》べ物筋《ものすじ》ではすごく重要《じゅうよう》な人物《じんぶつ》、タベアキータ侯爵夫人《こうしゃくふじん》。

いっぽう、王《おう》さまは、農場《のうじょう》や田園生活《でんえんせいかつ》やいけすや禁猟区《きんりょうく》といったところでますます多《おお》くの時間《じかん》をすごすようになっていた。政治《せいじ》はとてもつかれるので、大臣《だいじん》たちにまかせていたんだ。大臣《だいじん》のなかに王《おう》さまの甥《おい》がいたけど、この人《ひと》のことはあとでくわしく話《はな》すね。

女性客《じょせいきゃく》はあちこちから大《おお》ぜい来《き》てたよ。女性《じょせい》のほうが男性《だんせい》よりも食《た》べるのが好《す》きだからだなどと言《い》う人《ひと》がいて、けんけんごうごうの議論《ぎろん》が起《お》こった。男性《だんせい》よりも時間《じかん》があって、生《う》まれつきピクニックやパーティーが好《す》きだからだと言《い》う人《ひと》たちもいた。

いずれにせよ、とにかくものすごい数《かず》のご婦人《ふじん》が来《き》て、心《こころ》から楽《たの》しんだようだった。そのなかには、初《はじ》めて社交界《しゃこうかい》に登場《とうじょう》した、魅力的《みりょくてき》な少女《しょうじょ》ベッツリー・キャラメルもいた。レースの刺繍《ししゅう》もじょうずなら、乗馬《じょうば》もじょうずな女《おんな》の子《こ》だよ。社交界《しゃこうかい》にデビューしたばかりなので、おかあさんにつきそわれていた。

ほかに、食《た》べ物《もの》ダンスのときに青年《せいねん》たちに大人気《だいにんき》だったのは、マドリッドからやってきた女《おんな》の子《こ》モット・ホットケーキだ。いつも年配《ねんぱい》のつきそいがついていた。ハープをじょうずに演奏《えんそう》したけど、ようするに、おてんば娘《むすめ》だった。

最後《さいご》となったけど、いままであげた人《ひと》たちと同《おな》じくらい重要《じゅうよう》な人物《じんぶつ》は、ハトの飼育《しいく》で名《な》を成《な》したズルズル川《がわ》のズンドコ町《まち》のズングリー・ムックリー氏《し》だった。この人《ひと》の名声《めいせい》は世《せ》界《かい》じゅうにとどろいていたので、大《だい》ピクニックに出席《しゅっせき》してもらえるのは栄誉《えいよ》だと王《おう》さまはうれしく思《おも》った。

愛《あい》すべき王《おう》さまが食《た》べすぎておなかをこわしはしないか、そしてかわりにほかの王《おう》さまがえらばれやしないかと、家来《けらい》も国民《こくみん》もみんなが心配《しんぱい》した。しかし、今《いま》のところガツガツ二世《せい》は元気《げんき》いっぱいのようで、台所《だいどころ》へ行《い》ってみずから料理《りょうり》をすることがなによりも大好《だいす》きだったんだ。そして、料理《りょうり》がとってもじょうずなの。絹《きぬ》のエプロンをつけ、シェフを助手《じょしゅ》として、黄金《おうごん》のおなべで特別《とくべつ》おいしい料理《りょうり》を作《つく》ったんだよ。

この黄金《おうごん》のおなべには歴史《れきし》があり、広《ひろ》く知《し》られたこの国《くに》の名物《めいぶつ》となっていた。王《おう》さまは生涯《しょうがい》結婚《けっこん》しなかった。もししていたら、結婚《けっこん》五十周年《ごじっしゅうねん》にこのおなべがおくられていただろうね。でも、五十回目《ごじっかいめ》の誕生日《たんじょうび》が来《き》ても王《おう》さまがまだ結婚《けっこん》していなかったので、王《おう》さまを

愛《あい》する家臣《かしん》たちはそれぞれ少《すこ》しのお金《かね》をもちよって、ふしぎなかたちをしたこの純金製《じゅんきんせい》のおなべをプレゼントしたのさ。

さて、この王《おう》さまが生《う》まれた日《ひ》はちょうど、あの偉大《いだい》な料理《りょうり》、ステーキ・アンド・キドニー・プディング（牛肉《ぎゅうにく》と牛《うし》の腎臓《じんぞう》の煮《に》こみをスエット（脂《あぶら》）の生地《きじ》でつつんでむした料理《りょうり》）が発明《はつめい》された日《ひ》だったんだ。これは、なんとも幸運《こううん》な、めでたいしるしだと宮廷《きゅうてい》では考《かんが》えられた。

金星《きんせい》と獅子座《ししざ》の星《ほし》のもとに生《う》まれる人《ひと》がいるように、ガツガツ二世王《せいおう》は、いわば、ステーキ・アンド・キドニー・プディングのもとに生《う》まれたんだ。

こうして、王《おう》さまの誕生日《たんじょうび》は、国《くに》じゅうでたいへんなお祭《まつ》りをして祝《いわ》われたんだけど、〝国王誕生日《こくおうたんじょうび》〟のみならず〝ステーキ・アンド・キドニー・プディングの日《ひ》〟としても知《し》られるようになったんだよ。

王《おう》さまは自分《じぶん》の誕生日《たんじょうび》とこのできごととのきみょうな関係《かんけい》をとても大事《だいじ》に思《おも》って、毎年《まいとし》その日《ひ》には自分《じぶん》が生《い》きているかぎり、王《おう》さまが宮殿《きゅうでん》の台所《だいどころ》に入《はい》って料理《りょうり》をし、この有名《ゆうめい》な料理《りょうり》を国民《こくみん》にこれまでなかったほど盛大《せいだい》にふるまうことを定《さだ》めたんだ。

こうして、毎年《まいとし》、王《おう》さまの誕生日《たんじょうび》が近《ちか》づくと、王《おう》さまの家来《けらい》は身分《みぶん》の上下《じょうげ》を問《と》わず——森番《もりばん》も、鷹匠《たかじょう》も、庭師《にわし》も、猟場番《りょうばばん》も——みんな宮殿《きゅうでん》のりっぱな食堂《しょくどう》に集《あつ》まって、最《もっと》もえらい国王《こくおう》みずからが黄金《おうごん》のおなべで作《つく》ったステーキ・アンド・キドニー・プディング料理《りょうり》を楽《たの》しくいただいたのさ。みんなは、シュクハイを高《たか》くかかげて——」

「チュクハイってなあに？」白《しろ》ネズミがたずねました。

「ぼくもよくわからないんだけど」と、ガブガブ。「むかし、宴会《えんかい》のときには、かならずかかげたみたいなんだ。」

「じゃあ」と、白《しろ》ネズミ。「きっとナプキンのことだね。」

「さて、このころフランスには、クリストフ・プランタンという偉大《いだい》な詩人《しじん》がいた。本《ほん》の印刷《いんさつ》も手《て》がけた人《ひと》だよ。王《おう》さまはこの詩人《しじん》をとても尊敬《そんけい》していて、特別《とくべつ》に宮廷《きゅうてい》にまねいた。その詩作品《しさくひん》のなかには、『この世《よ》のしあわせ』というソネットもあった。

ガツガツ二世王《せいおう》は、五十歳《ごじっさい》となって、若《わか》いころにやっていたさまざまなぜいたくをやめてしまっていた。余生《よせい》は、国民《こくみん》に生《い》きかたを教《おし》えてすごそうと考《かんが》えていたんだ。つまり、ただ食《た》べたり飲《の》んだりするだけじゃなくて、ほんもので価値《かち》のある知識《ちしき》や良識《りょうしき》に味《あじ》つけされた真《しん》の人生術《じんせいじゅつ》を教《おし》えてあげたのさ。

クリストフ・プランタンは、まさにそのためにうってつけの助《すけ》っ人《と》だった。王《おう》さまは、黄金《おうごん》のおなべをもらったとき、宮廷彫刻師《きゅうていちょうこくし》を呼《よ》びつけて、そのりっぱなおなべの側面《そくめん》に、かの有名《ゆうめい》な『この世《よ》のしあわせ』という詩《し》をきざませた。もちろん、それはフランス語《ご》、それも古《ふる》いフランス語《ご》で書《か》かれていたけど、外国語《がいこくご》を言《い》ってみんなをこまらせるのはやめておくね。」

「ああ、やめとけ」と、ジップがうなりました。

「ぼくは、ほとんど一語《いちご》ずつ、意味《いみ》に忠実《ちゅうじつ》に訳《やく》してみたんだ」と、ガブガブ。「ぼくがやったのは、一、二行《ぎょう》、位置《いち》を少《すこ》し変《か》えたぐらいだよ。」

偉大《いだい》なブタの作家《さっか》は、えへんとせきばらいをして、音読《おんどく》をはじめました。ただのブタがフランス語《ご》を訳《やく》したと思《おも》っただけで白《しろ》ネズミは最初《さいしょ》くすくすわらっていましたが、詩《し》が読《よ》みおえられるころには、白《しろ》ネズミもほかのみんなもしーんと静《しず》まりかえっていました。

この世《よ》のしあわせ

ソネット

もつこと
美《うつく》しく清潔《せいけつ》な住《す》みよい家《いえ》を。
庭《にわ》には、手入《てい》れ行《い》き届《とど》きし香《かお》り高《たか》き枝《えだ》傾《かし》ぐ。
くだものあり、貴重《きちょう》なワインあり、
何人《なんにん》かの子《こ》どもらと、わずかの召《め》し使《つか》いがいること。
おごることなく、美《うつく》しき、かいがいしき妻《つま》の
信《しん》じる心《こころ》をいつくしむこと。

借金《しゃっきん》なく、慢心《まんしん》なく
いさかいなく、法《ほう》に触《ふ》れることもなし。
親戚《しんせき》と金銭《きんせん》のもめごとなく、
わずかをもって足《た》りる心《こころ》もち、

大《だい》それたことはなにも望《のぞ》まず、
清《きよ》き見本《みほん》を信《しん》じて進《すす》むこと。

安《やす》らかにこの我《わ》が家《や》にて待《ま》つとき、
こうしたことの価値《かち》を知《し》っていれば、
人生《じんせい》の終焉《しゅうえん》の到来《とうらい》は、
暗《くら》く恐《おそ》ろしきものとなるかわりに、
慈悲《じひ》深《ぶか》き友《とも》のうれしき来訪《らいほう》とならん。

第《だい》九夜《や》　世《せ》界《かい》一《いち》おいしいピクニック

トリュフを歌《うた》う吟遊詩人《ぎんゆうしじん》、レモネードの川《かわ》、ジャム作《づく》り選手権《せんしゅけん》、何《なん》日《にち》もつづいた大《だい》ピクニックを楽《たの》しくしてくれたそのほかのこと。

「王《おう》さまのものすごい大宴会《だいえんかい》についてはいろんな話《はなし》が残《のこ》っているけど、たいていのものはあやしいね——とりわけ、あの偉大《いだい》な博物学者《はくぶつがくしゃ》にして、詩人《しじん》・哲学者《てつがくしゃ》でもあるクリストフ・プランタンが宮廷《きゅうてい》にやってきたあとは。あれほど分別《ふんべつ》があって、美《うつく》しくもおだやかに生《い》きた人《ひと》はいないんだから。

でも、世界《せかい》のあちこちでふしぎな話《はなし》として語《かた》り草《ぐさ》になっているガツガツ王《おう》のへんてこなところをもう少《すこ》しごしょうかいしておこうね。

たとえば、目《め》ざましメニューというのを発明《はつめい》したのは、この王《おう》さまなんだよ。夜寝《よるね》るときに、王《おう》さまは『六時《じ》に起《お》こしてくれ』とか、『九時《じ》まで寝《ね》かしておいてくれ』などと言《い》うことはなかった。王《おう》さまは、『ウナギのフライで起《お》こしてくれ』とか、『あしたの朝一番《あさいちばん》にホットケーキにチャービル（香草《こうそう》の一種《いっしゅ》。フレンチパセリともいう）をかざったものを出《だ》してくれ。チャービルを忘《わす》れないようにしてくれ』などと命《めい》じたんだ。

さて、ふつうなら、王《おう》さまは朝食《ちょうしょく》にそういった料理《りょうり》をお召《め》しあがりになりたいのだと思《おも》うだろうけど、かならずしもそうじゃなかった。翌朝《よくあさ》、そういった料理《りょうり》を王室《おうしつ》の犬小屋《いぬごや》へさげさせたり、農家《のうか》の人《ひと》たちにあたえたりしていたのさ。王《おう》さまは、ただ目《め》をさますのに、料理《りょうり》のにおいをかぎたかっただけなんだ。

王《おう》さまは、やかましい執事《しつじ》がやってきて時間《じかん》を告《つ》げるのをきらった。王《おう》さまにとって何時《なんじ》かなんてどうでもよく、大切《たいせつ》なのはにおいだったんだ。完《かん》ぺきな台所《だいどころ》からの香《かお》り――それこそが重要《じゅうよう》だった。ベッドのなかでもう二十分《にじっぷん》かそこいら横《よこ》になりながら、自分《じぶん》はほんとうにウナギのフライが食《た》べたいのか考《かんが》えるんだ。あるいは、チャービルをかざったホットケーキのためにほんとうに起《お》きあがる価値《かち》があるかどうかと考《かんが》えるのさ。王《おう》さまは、このためにたくさんの料理《りょうり》をリストにしていた。そして、おやすみを言《い》う前《まえ》に、侍従長《じじゅうちょう》がいつも王《おう》さまのもとへ来《き》て、『あす、宮内大臣《くないだいじん》が陛下《へいか》をお起《お》こしする際《さい》、キドニーのグリルをお持《も》ちするの

がよろしゅうございましょうか。それともマッシュルームをのせたトーストがようございましょうか』とたずねるんだ。」

「そんなばかな話《はなし》、聞《き》いたことがないわ」と、ダブダブ。「においだけなんて、もったいない！」

「いやいや」と、ガブガブ。「料理《りょうり》はいつも犬《いぬ》とか農家《のうか》の人《ひと》にあげてるって言《い》ったろ。それにだれかにおふとんを引《ひ》っぱられたり、カーテンをぱっとあけられたり、おそい時間《じかん》だとさわがれたりするより、ずっと楽《たの》しい起《お》こされかただよ。」

「でも」と、白《しろ》ネズミ。「料理《りょうり》のにおいだけで、起《お》きられるかなあ？」

「そんなことを言《い》うのは、」と、ガブガブ。「君《きみ》が食《た》べることにかけてほんとの才能《さいのう》がないからだよ。かつてぼくは、家具《かぐ》つきのアパートに住《す》んだことがある。いや、正確《せいかく》にはアパートじゃない。アパートは高《たか》すぎるからね。ぼくが借《か》りたのは、熱《あつ》いお湯《ゆ》のパイプが通《とお》っている、洋服《ようふく》をしまう小《ちい》さな部屋《クローゼット》だった。とても居心地《いごこち》がよくって、ずっと安《やす》いんだ。そしたら、ろうかのむこうの女《おんな》の人《ひと》が、毎朝《まいあさ》六時《じ》にジンジャーブレッドを焼《や》いてぼくを起《お》こすんだ。きっかり六時《じ》にね。ぼくは、ほかほかのジンジャーブレッドのにおいをかいだら

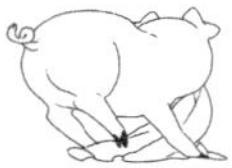

飛《と》び起《お》きちゃうんだ。起《お》きないなんてことは、一度《いちど》だってない。それで、寝不足《ねぶそく》でなやまされたよ。しょうがなかった。ぼくはそこを出《で》て、別《べつ》のところへ引《ひ》っこしたよ。

　そうだな、ガツガツ二世王《せいおう》の功績《こうせき》として書《か》きとめておくべきことに、『トリュフの歌《うた》』を歌《うた》う吟遊詩人《ぎんゆうしじん》の話《はなし》がある。当時《とうじ》は、りっぱな宮廷《きゅうてい》にはかならず吟遊詩《ぎんゆうし》人《じん》がいたんだ。あちこちの宴会《えんかい》で歌《うた》を歌《うた》って小銭《こぜに》をかせぐ、さすらいの吟遊詩人《ぎんゆうしじん》もいたけれど、宮廷音楽師《きゅうていおんがくし》、詩人《しじん》、歌手《かしゅ》として宮殿《きゅうでん》で生活《せいかつ》している人《ひと》たちもいた。その仕事《しごと》は、八品《しな》か九品《しな》ぐらいのコースの食事中《しょくじちゅう》ずっとつづくような長《なが》い歴史《れきし》の詩《し》を作《つく》ることだった。たいていは王《おう》さまとか、吟遊詩人《ぎんゆうしじん》たちの生活費《せいかつひ》をくれる偉大《いだい》な人《ひと》の戦功《せんこう》を歌《うた》ったりするんだ。

　ガツガツ二世王《せいおう》は、戦争《せんそう》はしないし、軍事的《ぐんじてき》な栄光《えいこう》はあまりなかった。それに世界一《せかいいち》のお金持《かねも》ちかもしれないけれど、王《おう》さまはだいたいいつもつつましやかな人《ひと》で、やさしい心《こころ》の持《も》ち主《ぬし》だった。そこで王《おう》さまは、自分《じぶん》の吟遊詩人《ぎんゆうしじん》たちに先祖《せんぞ》の戦《いくさ》での勇《ゆう》かんさを歌《うた》わせ

るのではなく、食《た》べ物《もの》のことを歌《うた》わせたり、食《た》べ物《もの》の詩《し》を書《か》かせたりしたんだ。そうすることでお客《きゃく》の食欲《しょくよく》をかきたてようというわけさ。せっかくすばらしいごちそうを用意《ようい》したのに、だれもおなかがすいていなくて食《た》べたくないなんてことほど王《おう》さまをあわてさせることはなかったからね。すてきな台所音楽《だいどころおんがく》を聞《き》かせることで、ものうげなご婦人《ふじん》がたにおなかがすいたと思《おも》わせ、元気《げんき》いっぱいの狩人《かりうど》たちにはお城《しろ》の城壁《じょうへき》だって食《た》べたいと思《おも》わせたのさ。

王《おう》さまが作曲《さっきょく》させた歌《うた》や詩《し》、それに『ローストビーフ』と何度《なんど》もくりかえして歌《うた》う歌《うた》はあまりにもたくさんあるから、少《すこ》しだけしょうかいすることにしよう。とても人気《にんき》のあった歌《うた》は、こうはじまるんだ。

トライプ（牛《うし》の胃《い》）と玉《たま》ねぎの吟遊詩人《ぎんゆうしじん》が、
ドライブしてやってきた、城《しろ》の門《もん》。
だってかわいいポプシー・ペパーミント、
夜《よる》おそくまでおどってたんだもん。

こんな調子《ちょうし》で二十五番《ばん》まであるんだ。ほかにもアップル・シャルロットとブラウン・ベティのしっとについてのとっても感動的《かんどうてき》な短《みじか》い歌《うた》もある（『アップル・シャルロット』は食《しょく》パンを型《かた》にはりつけて煮《に》リンゴを入《い》れて焼《や》いたお菓子《かし》、『ブラウン・ベティ』はまるい茶色《ちゃいろ》のティー・ポットですが、いずれもガブガブは人名《じんめい》であるかのように言《い》っています）。ミルクにひたしたパンとかたゆで卵《たまご》の伝説《でんせつ》についての陽気《ようき》な歌《うた》もある。それから、『命短《いのちみじか》し収穫《しゅうかく》せよ大根《だいこん》』っていう歌《うた》は、いつだってリクエストが多《おお》いね。吟遊詩人《ぎんゆうしじん》たちのリーダーが呼《よ》ばれて、いろんな珍味《ちんみ》の詩《し》を読《よ》まされることもあって、お昼《ひる》ごはん前《まえ》に壁《かべ》かけのつづれ織《お》りをいそがしく作《つく》るご婦人《ふじん》がたに大人気《だいにんき》だった。サラダ・ソネットというんだ。

でも、もうこの話《はなし》はいいね。ガツガツ二世王《せいおう》の宮殿《きゅうでん》には、いろいろ変《か》わったところがたくさんあるのさ。王室《おうしつ》づきの絵師《えし》も、着《き》かざった王家《おうけ》の先祖《せんぞ》の肖像画《しょうぞうが》を広間《ひろま》のかべにかけたりしないで、いわゆる静物画《せいぶつが》――つまり、お皿《さら》にのったくだものや冷《つめ》たいサケとか、満《まん》開《かい》の花《はな》をさかせた玉《たま》ねぎやモモといったものの絵《え》――でかべをかざったんだ。

これで王家《おうけ》のおうちはかなり明《あか》るくなった。お城《しろ》っていうのはよく、人《ひと》をのろっているようなしかめつらをしたおばあさんのにきび顔《がお》の絵《え》とか、よろいかぶとをつけて馬《うま》に乗《の》った目《め》つきの悪《わる》い王《おう》さまの絵《え》とかで、妙《みょう》に暗《くら》い感《かん》じになっているもんでしょ。

王《おう》さまは、家臣《かしん》たちの生活《せいかつ》を楽《たの》しくしたいと思《おも》っていたんだ。顔《かお》をしかめたおばあさんだの、陰気《いんき》で目《め》つきの悪《わる》い王《おう》さまのかわりに、満開《まんかい》のモモの木《き》の絵《え》やら、ゆでたサケをきゆうりでかこんだほんものそっくりの絵《え》をかかげたからといって、王《おう》さまを責《せ》めることはできなかった。

それから、建築学的《けんちくがくてき》に言《い》っても、宮殿《きゅうでん》はかなり変《か》わっていた。たいてい王《おう》さまのお城《しろ》というのは、建物《たてもの》のあれこれに、流血《りゅうけつ》の塔《とう》とか、うらぎり者《もの》の部屋《へや》とか、呪《のろ》われた部屋《へや》といったような名前《なまえ》がついているもんだ。由緒《ゆいしょ》ある家族《かぞく》はそういった名前《なまえ》を得意《とくい》に思《おも》ってる
——どうしてだか、まったくわからないけど。

ガツガツ王《おう》はこれをすっかり変《か》えたんだ。父親《ちちおや》の時代《じだい》に城《しろ》のどこがどう呼《よ》ばれていようと、これからはもっと明《あか》るい名前《なまえ》にするのだと命令《めいれい》を出《だ》した。堀《ほり》の上《うえ》にはね橋《ばし》がある主《しゅ》たる門《もん》が〝天国麵門《てんごくめんもん》〟と呼《よ》ばれるようになったのは、この王《おう》さまの命令《めいれい》のおかげだった。大《おお》きな食堂《しょくどう》は〝生姜水晶《しょうがすいしょう》の間《ま》〟として知《し》られ、城《しろ》の本丸《ほんまる》へとつづく螺旋階段《らせんかいだん》は〝マカロニ階《かい》

段《だん》″と呼《よ》ばれた。王《おう》さまやお妃《きさき》さまが行《い》ったり来《き》たりして考《かんが》えごとをしたりする長《なが》い石《いし》だたみの散歩道《さんぽみち》は、″とろとろトッフィ・テラス″となった。

さあて、大《だい》ピクニックに話《はなし》をもどそう。

おいしい料理《りょうり》が、丘《おか》にも荒《あ》れ野《の》にも牧草地《ぼくそうち》にもずらりとならんでいた。エレガントなごちそうがどこまでも広《ひろ》がっているんだ。ほとんどは、リンカンシャー州《しゅう》の沼地《ぬまち》からとれたサムファイア（セリ科《か》の植物《しょくぶつ》）の酢漬《すづ》けのような、見《み》たこともないめずらしいものばかりだった。アンチョビ添《ぞ》えのマンゴー・スライス、乾燥《かんそう》ショウガの粉末《ふんまつ》をちらしたムンバイ産《さん》のカレー味《あじ》エビ、ナツメグと古《ふる》いワイン漬《づ》けのヤツメウナギ、クリームチーズと粉砂糖《こなざとう》のつまったマスカットブドウ、厚《あつ》いペースト状《じょう》のセイヨウカリンにザクロのシロップをかけたもの、野生《やせい》のスローベリーの汁《しる》で味《あじ》つけしたタケノコ。こうした料理《りょうり》の作《つく》りかたは、王立料理学校《おうりつりょうりがっこう》の大《おお》きな図書館所収《としょかんしょしゅう》の本《ほん》に細《こま》かな注意《ちゅうい》をはらって正確《せいかく》に記録《きろく》されていた。

ピクニックではジャム作《づく》りとピクルス作《づく》りの選手権《せんしゅけん》が開《ひら》かれた。ジャムでは、グエンドリン・グースベリー夫人《ふじん》が一等賞《とうしょう》をとり、ピクルスでは、サワー・イノンド嬢《じょう》が優勝《ゆうしょう》した。子《こ》どもたちのための特別《とくべつ》なテントが張《は》られ、すっかり子《こ》どもたちが自由《じゆう》に遊《あそ》べて、スープにおもちゃのボートをうかべることもゆるされた。そして食事《しょくじ》をする人《ひと》は、お肉《にく》がどこに落《お》ちようと気《き》にせずにどんどんごちそうを食《た》べ進《すす》めればよかったのさ。

木々《きぎ》からキャンディーやお菓子《かし》がぶらさげられていて、王《おう》さまは大《おお》きな川《かわ》をレモネードの川《かわ》に変《か》えるなんてこともした。その川《かわ》から人々《ひとびと》は——とくに若《わか》い人《ひと》たちは——おなかいっぱい飲《の》んだんだ。しかし、これは結局《けっきょく》うまくいかなかった。お魚《さかな》のマスが、レモンジュースを川《かわ》に入《い》れてほしくはなかったからね。マスは死《し》にはしなかったけど、新種《しんしゅ》に変《か》わっちゃった。からだの点々《てんてん》がなくなって、〝すっぱい顔《かお》してマス〟として有名《ゆうめい》になった。この

とてもめずらしい魚《さかな》は、その後《ご》、たいへんな珍味《ちんみ》としてよろこばれるようになったんだ。

それから、ピクニックでは食《た》べ物《もの》ゲームなどで大《おお》いにもりあがった。たとえば、ポテト・レース、たらいの水《みず》にうかべたリンゴを口《くち》でひろう遊《あそ》び、パンケーキ投《な》げなどだよ。

しかし、ピクニックの最《もっと》も重要《じゅうよう》なイベントは、新《あたら》しい野菜《やさい》の表彰式《ひょうしょうしき》だった。タベアキータ侯爵夫人《こうしゃくふじん》が、食《た》べられるバラをもってきた。カモミール茶《ちゃ》やコーヒーのかわりに使《つか》うことのできるティーローズだよ。だれもが、これが一等賞《とうしょう》になるだろうと思《おも》っていたけど、審《しん》査員《さいん》たちは、これは野菜《やさい》とは言《い》えないと判断《はんだん》し、侯爵夫人《こうしゃくふじん》のバラは審査対象《しんさたいしょう》とならなかった。だけど、菜園《さいえん》で長《なが》い時間《じかん》を費《つい》やしてきたズングリー・ムックリー氏《し》がこれまでにだれも聞《き》いたこともないものを出《だ》してきた――ネギと浜菜《はまな》（アブラナ科《か》）とをかけあわせた野《や》菜《さい》だ。これはたいへんな話題《わだい》となり、このめずらしい野菜《やさい》の種《たね》は一等賞《とうしょう》をとるだろうと審《しん》査員《さいん》たちは確信《かくしん》したんだ。

ズングリー・ムックリー氏《し》は大得意《だいとくい》だったよ。」

第《だい》十夜《や》にして最後《さいご》の晩餐《ばんさん》

　王《おう》さまの甥《おい》のイヤナヤツ王子《おうじ》が、人々《ひとびと》から愛《あい》される王《おう》さまをたおして自分《じぶん》が王《おう》になる計画《けいかく》を立《た》てた話《はなし》。悪《わる》い財務大臣《ざいむだいじん》のせいで国《くに》に革命《かくめい》が起《お》きる。ガツガツ二世王《せいおう》は追放《ついほう》される。反革命派《はんかくめいは》がイヤナヤツを追《お》い出《だ》し、前《まえ》の王《おう》さまに王座《おうざ》にもどってもらおうとする。黄金《おうごん》のおなべと“ピクニック王《おう》”の国民《こくみん》への最後《さいご》の約束《やくそく》。

「ここで、いやなやつをしょうかいしなければならない。王《おう》さまの甥《おい》っ子《こ》のイヤナヤツ王子《おうじ》だ。こいつは、良心《りょうしん》も恥《はじ》もなく、ほかの悪《わる》いやつとしばらく手《て》を結《むす》んでいた。ほかの悪《わる》いやつというのは、ふつうの悪人《あくにん》とはちがって、財務大臣《ざいむだいじん》だったんだ。宮廷《きゅうてい》の出費《しゅっぴ》や王《おう》さまの生計《せいけい》を監督《かんとく》するのが仕事《しごと》だ。大臣《だいじん》はとてもおなかが弱《よわ》く、カスタードを少《すこ》し食《た》べたり、ものすごく軽《かる》くふわふわとしたスフレというお菓子《かし》を食《た》べたりしただけで、はげしい腹痛《ふくつう》が起《お》きてしまうんだ。

　そのため、もともと悪《わる》かった性格《せいかく》が、ますます悪《わる》くなった。大臣《だいじん》は王《おう》さまが食《た》べ物《もの》にお金《かね》を使《つか》うのに大反対《だいはんたい》してた。自分《じぶん》じゃ食《た》べられないからね。とくに新野菜選手権《しんやさいせんしゅけん》や、大《だい》ピクニックそのものに反対《はんたい》していた。だから、イヤナヤツ王子《おうじ》が悪《わる》い計画《けいかく》をもって大臣《だいじん》のところへやってきたとき、大臣《だいじん》はとてもよろこんだんだ。

　ズングリー・ムックリー氏《し》の新野菜《しんやさい》の種《たね》はまだ少《すく》なく、入手困難《にゅうしゅこんなん》だった。たった四つぶしかなく、ムックリー氏《し》は審査員《しんさいん》によく育《そだ》ったものを見《み》せようとして、四つぶとも植《う》えて育《そだ》てるつもりだった。スポーツマンらしい、いさぎよい人《ひと》だったので、四つぶがどれも育《そだ》

たなかったら、その不運《ふうん》を男《おとこ》らしく受《う》けいれてあきらめるつもりでいたんだ。
そこで、イヤナヤツ王子《おうじ》が財務大臣《ざいむだいじん》のところへ来《き》て、その種《たね》がどこにかくされているか知《し》っていると話《はな》すと、大臣《だいじん》は、そのとき、ものすごくおなかが痛《いた》かったにもかかわらず、悪魔《あくま》のような笑《わら》いでからだをゆらした。というのも、王子《おうじ》が種《たね》に酸《さん》をかけてだめにしてしまえば、植物《しょくぶつ》は育《そだ》たず、審査員《しんさいん》が審査《しんさ》することもないと思《おも》ったからだ。うれしくてクックツ笑《わら》いながら、大臣《だいじん》はイヤナヤツをかしこい王子《おうじ》だとほめ、いずれはおじさんのかわりに王座《おうざ》についてりっぱな王《おう》さまとなるだろうと言《い》った。
大臣《だいじん》の黒《くろ》い心《こころ》には二重《にじゅう》の悪《わる》いところがあったんだ。大臣《だいじん》は一石二鳥《いっせきにちょう》をねらっていたんだよ。ズルズル川《がわ》のズンドコ町《まち》のズングリー・ムックリー氏《し》をぎゃふんと言《い》わせたいだけでなく、もっと大《だい》それたことをしようと思《おも》っていたのさ。もう何年《なんねん》も、主人《しゅじん》であるピクニック王《おう》が考案《こうあん》したこってりした料理《りょうり》のせいで、どうしようもなくおなかが痛《いた》くなってお医者《いしゃ》さんに通《かよ》っていた。しかも、国《くに》の重要《じゅうよう》な財産《ざいさん》をこんなくだらないことに使《つか》うのには決《けっ》して賛成《さんせい》できない。大臣《だいじん》は、ガツガツ二世王《せいおう》をにくんでいた。別《べつ》の王《おう》さまにかわってくれたらいいと思《おも》っていたんだ。

そんなところに、革命《かくめい》のチャンスが生《う》まれたわけだ。当時《とうじ》のガツガツ王国《おうこく》は選挙君主制《せんきょくんしゅせい》——すなわち、王《おう》さまの息子《むすこ》がかならずしも王位《おうい》をつぐわけではなく、国民《こくみん》によって新《あたら》しい王《おう》さまが選《えら》ばれる制度《せいど》だった。乱世《らんせ》になったら、だれが王《おう》さまになるかわからなかった。

さて、悪《わる》い大臣《だいじん》は、ついに希望《きぼう》の星《ほし》がのぼってくると思《おも》った。ガツガツ二世王《せいおう》をたおすべき時《とき》は熟《じゅく》し、万事好都合《ばんじこうつごう》となったのさ。たとえ王《おう》さまが最近少《さいきんすこ》しふるまいを変《か》えたにしても、国《くに》のお金《かね》の大部分《だいぶぶん》が食《た》べ物《もの》やぜいたくなくらしのために使《つか》われていると、国民《こくみん》に訴《うった》えることはできる。いさましいガツガツ一世王《せいおう》の時代《じだい》をよみがえらせるんだ。

イヤナヤツ王子《おうじ》にはたくさんの部下《ぶか》がいて、力《ちから》があった。たとえ国民《こくみん》が新《あたら》しい王《おう》を求《もと》めなくても、革命《かくめい》を起《お》こすことはできると大臣《だいじん》は確信《かくしん》していた。ガツガツ王国《おうこく》にお金《かね》を貸《か》している外国《がいこく》に使者《ししゃ》を送《おく》って、『今度《こんど》の月曜《げつよう》の昼《ひる》までに、お金《かね》を返《かえ》せ。それより少《すこ》しでも遅《おく》れてはならぬ』とみんなにいっせいに要求《ようきゅう》させればいいんだ。

そうすれば、ガツガツ王国《おうこく》の経済《けいざい》は大混乱《だいこんらん》になる。ほぼまちがいなく革命《かくめい》が起《お》こるだろう。急《いそ》いで借金《しゃっきん》を支払《しはら》うお金《かね》を用意《ようい》するのは、だれにとってもむずかしいことだ。そんなことになれば、ふつうの商人《しょうにん》たちは大《おお》あわてをして、自分《じぶん》のお金《かね》を守《まも》るためになんだって

やろうとするからね。

　こうしてガツガツ王国《おうこく》に革命《かくめい》が起《お》こった。この国《くに》はじまって以来《いらい》のただ一度《いちど》の革命《かくめい》だ。人々《ひとびと》は右往左往《うおうさおう》し、わいわいがやがや話《はな》し、頭《あたま》がどうにかなったかのようなふるまいをした。王《おう》さまの甥《おい》っ子《こ》イヤナヤツ王子《おうじ》は、財務大臣《ざいむだいじん》に助《たす》けられて、あちこちで王《おう》さまとその味方《みかた》に対《たい》するにくしみをかきたてようと悪《わる》だくみをし、大《おお》いそがしになっていた。撃《う》ちあいがあり、町《まち》の建物《たてもの》が爆破《ばくは》された。みんな自分《じぶん》がなにをしているのかわかっておらず、いつなんどきなにが起《お》こるかわからなかった。経済《けいざい》はめちゃくちゃになった。店《みせ》はすっかり閉《し》められた。ひどい状態《じょうたい》だ。

善良《ぜんりょう》な王《おう》さまはどっと落《お》ちこんだ。イヤナヤツ王子《おうじ》やそのほかの敵《てき》をおそれていたわけじゃない。国王《こくおう》としての権力《けんりょく》を失《うしな》うことなどどうでもよかったんだ。ただ、何年《なんねん》も王《おう》として国《くに》を治《おさ》め、国民《こくみん》を自分《じぶん》の子《こ》どもたちのように思《おも》っていたから、イヤナヤツのようなばかな気《き》どり屋《や》が根《ね》も葉《は》もない悪口《わるくち》を言《い》いふらしただけで、国民《こくみん》が自分《じぶん》をうらぎったということが、なんともつらく、老《お》いの身《み》には、たえがたく思《おも》われたんだよ。王《おう》さまはもはや若《わか》くなかったということを忘《わす》れちゃだめだよ。

王《おう》さまは、甥《おい》っ子《こ》と戦《たたか》えば自分《じぶん》が勝《か》つことはわかっていた。けれども、そんなことはしたくはなかった。戦争《せんそう》をするなら、軍隊《ぐんたい》を訓練《くんれん》し直《なお》し、いなかの貴族《きぞく》たちに、兵隊《へいたい》や弓《ゆみ》を使《つか》う者《もの》たちをよこしてくれとたのまなければならない。そうすれば、自分《じぶん》は王《おう》さまとしての地位《ちい》を守《まも》ることができるだろう。だけど、それでは、敵《てき》に対《たい》して勝利《しょうり》する前《まえ》に、愛《あい》する国《くに》じゅうに戦争《せんそう》の恐怖《きょうふ》を広《ひろ》げることになってしまう。戦争《せんそう》では、多《おお》くの罪《つみ》のない人《ひと》が殺《ころ》され、苦《くる》しむ。それもこれも、国民《こくみん》がイヤナヤツのばかげたうそに耳《みみ》を貸《か》したせいなんだ。

『だめだ』と、王《おう》さまは言《い》った。『どうなろうと、戦争《せんそう》をしてはいけない。これまで国民《こくみん》

に平和《へいわ》とよき生活《せいかつ》とを教《おし》えてきたのだ。その人《ひと》たちを犬《いぬ》のように撃《う》ち殺《ころ》してわが人生《じんせい》を終《お》えるというのか。とんでもない！』

王子《おうじ》と大臣《だいじん》は、王《おう》さまがそう決断《けつだん》をするだろうと見《み》こしていた。ガツガツ王国《おうこく》は長年《ながねん》、農業《のうぎょう》、牧畜《ぼくちく》、それから日々《ひび》の生活《せいかつ》に役《やく》だつ技術《ぎじゅつ》の開発《かいはつ》に力《ちから》をそそいできた。外国勢力《がいこくせいりょく》が王《おう》国《こく》に投資《とうし》していたお金《かね》をひきあげたからといって、王国《おうこく》がほんとうにびんぼうになることはないと、大臣《だいじん》にはわかっていた。びんぼうになったように見《み》えるだけのことだ。しかし、世界《せかい》じゅうの人《ひと》は、『世界一《せかいいち》お金持《かねも》ちの国《くに》がとつぜんびんぼうになったからには、どの国《くに》にもきびしい時代《じだい》がやってきたのだ』と信《しん》じたんだ。

王子《おうじ》と大臣《だいじん》はこのことも利用《りよう》して、『大貧困《だいひんこん》の時代《じだい》となったのは、戦争《せんそう》の技術《ぎじゅつ》がいいかげんにされてきたためだ』と言《い》いふらした。それを改善《かいぜん》するためには、国《くに》を工業国《こうぎょうこく》と呼《よ》ばれるものにしなければならない、と言《い》った。あちこちに工場《こうじょう》を建《た》てるのだ、農場《のうじょう》なんてつぶしてしまえ、とくに戦《たたか》いに役《やく》だつ剣《けん》やよろいや大砲《たいほう》といったものを作《つく》る工場《こうじょう》を建《た》てなければならない、と。

こうして、王子《おうじ》と大臣《だいじん》は、王《おう》さまの勇《ゆう》かんな父《ちち》であるガツガツ一世《せい》が戦争《せんそう》によって国《くに》を豊《ゆた》かにしたことを、まずしく無知《むち》な人々《ひとびと》に思《おも》い出《だ》させ、戦争《せんそう》の技術《ぎじゅつ》が忘《わす》れられたがゆえにガツガツ王国《おうこく》にいやな時代《じだい》がきてしまったのだと説《と》いてまわった。

ふたりはガツガツ二世王《せいおう》そのものをたおす革命《かくめい》さえも準備《じゅんび》していた――その成功《せいこう》のあかつきにはイヤナヤツ王子《おうじ》が王冠《おうかん》を手《て》にし、大臣《だいじん》は首相《しゅしょう》になるんだ。

政治《せいじ》については、ぬけめのないふたりだったんだ。

最初《さいしょ》、ふたりは成功《せいこう》した。この平和《へいわ》な国《くに》にあまりにひどい混乱《こんらん》が起《お》きてしまったため、だれがだれの味方《みかた》をしているやらわからず、王《おう》さまは一度《いちど》ならず殺《ころ》されかかったほどだった。しかし、おちついていてやさしい老紳士《ろうしんし》であるガツガツ二世《せい》は、なにより勇《ゆう》かんでもあった。こんな状況《じょうきょう》になったら、多《おお》くの君主《くんしゅ》は地下室《ちかしつ》にかくれたり、町《まち》からにげたりするものなのに、王《おう》さまは、護衛《ごえい》ひとりつけずに通《とお》りを歩《ある》いたんだ。

『わが子《こ》たちが、』――王《おう》さまはいつも国民《こくみん》をそう呼《よ》んでいた――『私《わたし》をおそうはずがない』と、王《おう》さまは、心配《しんぱい》する大臣《だいじん》たちに言《い》った。『あちこちで銃《じゅう》がぶっぱなされていますから、外《そと》に出《で》ないでください』と、大臣《だいじん》たちは心配《しんぱい》してたんだ。通《とお》りを歩《ある》く王《おう》さまを見《み》て、これまでずっと王《おう》さまが大好《だいす》きだった国民《こくみん》は、王《おう》さまに今《いま》までどおり王《おう》さまであっていた

だくのがよいのではないかと思《おも》うようになった。かしこそうなことを言《い》うイヤナヤツ王子《おうじ》は、どういうわけか嫌《きら》われ、うたがいの目《め》で見《み》られていたんだ。そんな人《ひと》を王《おう》にするのはちがうように思《おも》えた。

こうして国《くに》は、ざんねんながらふたつに分《わ》かれた。お金持《かねも》ちの商人《しょうにん》たちや軍隊《ぐんたい》は、みなイヤナヤツ王子《おうじ》を支持《しじ》した。力《ちから》をもっている貴族《きぞく》や王族《おうぞく》たちのなかにも、王子《おうじ》を支持《しじ》する人《ひと》たちがいた。しかし、ふつうの人々《ひとびと》、いなかの紳士《しんし》や農民《のうみん》たちは、はっきりと王《おう》さまを支持《しじ》した。王《おう》さまは敵《てき》にじゃまされることさえなければ、よい時代《じだい》をとりもどし、ガツガツ王国《おうこく》をまた世界一豊《せかいいちゆた》かな国《くに》にしてくれると、人々《ひとびと》は信《しん》じていたんだ。

こうして、この件《けん》についてどのような決着《けっちゃく》がつけられるか話《はな》しあうために、一種《いっしゅ》の会談《かいだん》が開《ひら》かれた。王《おう》さまは裁判《さいばん》にかけられた。これはたいへんな事件《じけん》だった。王子《おうじ》が悪《わる》い財務《ざいむ》大臣《だいじん》といっしょにやってきて、ふたりしてへとへとになるまでしゃべりまくった。王《おう》さまにとって事態《じたい》が悪《わる》く思《おも》えるように言《い》い立《た》てれば、裁判官《さいばんかん》たちは王《おう》さまの首《くび》をちょんぎってくれるかもしれないと思《おも》ったんだ。そうすれば、あとはこっちのものだ。

ところが、裁判官《さいばんかん》たちはそうしなかった。かりにそうしたかったとしても、国民《こくみん》がこわくてそうできなかったんだ。けれども、王子《おうじ》と財務大臣《ざいむだいじん》が悪知恵《わるぢえ》をはたらかせて言《い》いたてたので、六時間《じかん》の討議《とうぎ》ののち、王《おう》さまの命《いのち》は救《すく》うけれども追放《ついほう》を宣告《せんこく》することになったんだ。つまり、王《おう》さまは、国《くに》を出《で》ていって、王《おう》さまをやめなければならないということだ。

そこで、ガツガツ王子《おうじ》がかわりに王《おう》になって国《くに》を統治《とうち》することになった。イヤナヤツ二世《せい》は荷物《にもつ》をまとめて、召《め》し使《つか》い数人《すうにん》と犬《いぬ》を一、二ひき連《つ》れて外国《がいこく》へ行《い》った。一方《いっぽう》、イヤナヤツ王子《おうじ》が、かわりに王《おう》さまにおさまった。

ところが、一週間《しゅうかん》もすると、王《おう》というのはなかなかたいへんだとわかった。ひとつには、イヤナヤツ王《おう》には国民《こくみん》の人気《にんき》がまったくなかったんだ。国民《こくみん》がおちついてきちんと考《かんが》える時間《じかん》ができるようになると、剣《けん》やよろいや大砲《たいほう》を作《つく》るためにたくさん工場《こうじょう》を建《た》てるなんてもってのほかだと思《おも》うようになった。国民《こくみん》はこうした工場《こうじょう》に火《ひ》をつけて、燃《も》やしてしまった。

イヤナヤツ王《おう》はそんな国民《こくみん》に対《たい》して軍《ぐん》をけしかけ、

多《おお》くの人《ひと》を殺《ころ》したり傷《きず》つけたりした。それから、外国商人《がいこくしょうにん》たちがいっせいにガツガツ王国《おうこく》の借金《しゃっきん》を取《と》り立《た》てたのは、悪《わる》い財務大臣《ざいむだいじん》がさせたことだったとばれて、人々《ひとびと》は烈火《れっか》のごとく怒《おこ》った。真夜中《まよなか》に二百人《にん》もの農民《のうみん》がイヤナヤツ王《おう》のもとへおしかけ、朝《あさ》になる前《まえ》に、ゆるゆるおなかの財務大臣《ざいむだいじん》を連《つ》れてこの国《くに》から出《で》ていけと要求《ようきゅう》した。

朝《あさ》になる前《まえ》にふたりは出《で》ていき、二度《にど》とガツガツ王国《おうこく》にあらわれることはなかった。こうして、王国《おうこく》には王《おう》がいなくなった。すると、今度《こんど》は、反革命《はんかくめい》と呼《よ》ばれるものが起《お》こった。つまり、最初《さいしょ》の革命《かくめい》でなされたものをもとにもどそうとして、新《あら》たな暴動《ぼうどう》が起《お》きたんだ。軍隊《ぐんたい》は解散《かいさん》され、じゃがいも掘《ほ》りの仕事《しごと》をさせられた。

次《つぎ》に、ガツガツ二世《せい》にもどってきてもらうべきかどうかと、大《おお》いに議論《ぎろん》がなされた。反《はん》革命派《かくめいは》の言《い》い分《ぶん》がすんなり通《とお》った。そしてこの前《まえ》の二百人《にん》の農民《のうみん》がガツガツ二世《せい》を連《つ》れもどそうと、元国王《もとこくおう》をさがしはじめたんだ。

さて、外国《がいこく》でかなり捜索《そうさく》をした結果《けっか》、ガツガツ二世《せい》は見《み》つかったけれども、もどってきてもらうことはできなかった。もどるのは、いやだと言《い》うんだ。それには、いくつかの理《り》由《ゆう》があった。ひとつには、もう年《とし》をとりすぎていて、よい王《おう》さまになれないということ。

そして、ガツガツ王国《おうこく》の国民《こくみん》にはいささかがっかりしたということだ。王国《おうこく》ではなく、王《おう》さまなしに国民《こくみん》がみずから統治《とうち》する共和国《きょうわこく》にしたらどうかと、ガツガツ二世《せい》は提案《ていあん》した。最後《さいご》にガツガツ二世《せい》は、自分《じぶん》の仕事《しごと》はもう終《お》わったのだと告《つ》げた。その仕事《しごと》とは、人々《ひとびと》に生《い》きていくに値《あたい》する物事《ものごと》の真《しん》の価値《かち》を教《おし》えることだった。ガツガツ二世《せい》は、今《いま》となっては、いなか紳士《しんし》としてマスを養殖《ようしょく》し、キジを育《そだ》て、モモの木《き》を手入《てい》れしておちついた生活《せいかつ》がしたいと言《い》った。それに、飼《か》っている犬《いぬ》の一頭《とう》があと数日《すうじつ》で子犬《こいぬ》を産《う》むから、たとえ王国《おうこく》の統治《とうち》のためだとしても、ここをはなれるわけにはいかないのだと言《い》うんだ。共和国《きょうわこく》にしてみて、どうなるかためしてみたらよかろうと、ガツガツ二世《せい》は言《い》った。

農民《のうみん》たちはとてもがっかりした。けれども、立《た》ちさる前《まえ》に、年《ねん》に一度《ど》、〝ステーキ・アンド・キドニー・プディングの日《ひ》〟には、なつかしい国《くに》をおとずれてお祝《いわ》いしようという約束《やくそく》をガツガツ二世《せい》にしてもらった。『有名《ゆうめい》な黄金《おうごん》のおなべは、もう使《つか》われなくなってから何年《なんねん》もたちますが、ガツガツ二世《せい》がいらっしゃるのを待《ま》ってぴかぴかにみがいておきます』と、みんなは言《い》った。『いつも宮殿《きゅうでん》の台所《だいどころ》でお召《め》しになっていた絹《きぬ》のエプロンも、特別《とくべつ》にせんたくしておきましょう』とも。『これをおことわりにはなることはできないはず

※本書には一部、差別的ともとれる表現がふくまれていますが、作者が故人であること、作品が発表された当時の時代背景、文学性や芸術性などを考慮し、原文をそのまま訳して掲載しています。

です』と、みんな、赤《あか》いハンカチでなみだをふきながら言《い》った。『共和国《きょうわこく》になっていようといまいと、どうぞ、ひとりの紳士《しんし》として、国《くに》にいらしてください』と。ガツガツ二世《せい》は『そうしよう』と、おごそかに誓《ちか》って、『自分《じぶん》で用意《ようい》したパイ生地《きじ》をもっていこう』とも言《い》った。というのも、ガツガツ二世《せい》の好《この》みに合《あ》わせてパイをこねることのできるゆいいつのパイ職人《しょくにん》は、王《おう》さまとおわかれするのはいやだと言《い》って、いっしょに追放《ついほう》されて、ガツガツ二世《せい》のおそばにつきそっていたからさ。」

訳者あとがき

この『ガブガブの本《ほん》』は、動物《どうぶつ》のことばが話《はな》せるジョン・ドリトル先生《せんせい》がかつやくする『ドリトル先生《せんせい》』シリーズ全《ぜん》十三巻《かん》の番外編《ばんがいへん》、つまり、おまけです。

『ガブガブの本《ほん》』を日本《にほん》で初《はじ》めて訳《やく》した南條竹則《なんじょうたけのり》さんは、この本《ほん》に地口《じぐち》や洒落《しゃれ》などのことばあそびがたくさん入《はい》っていることについて、「なるべくそうしたものを日本語《にほんご》におきかえようと、頭《あたま》をひねって苦《くる》しい駄洒落《だじゃれ》を考《かんが》えましたけれども、第《だい》八夜《や》の〝大《だい》ピクニック〟の場面《ばめん》に至《いた》って、音《ね》を上《あ》げてしまいました」とお書《か》きになり、原語《げんご》のおもしろさを伝《つた》えるために「全編《ぜんぺん》に登場《とうじょう》する面白《おもしろ》い人名《じんめい》や、パロディにされた詩句《しく》などの原語《げんご》を一覧表《いちらんひょう》にして」本《ほん》の最後《さいご》に掲《かか》げています。しかし、この本《ほん》では、日本語《にほんご》でそのまま原語《げんご》のおもしろさを味《あじ》わえるように工夫《くふう》をこらしました。

『ふしぎの国《くに》のアリス』やシェイクスピアの翻訳《ほんやく》で、原文《げんぶん》のことばあそびのおもしろさを日本語《にほんご》で表現《ひょうげん》することに心血《しんけつ》をそそいできた私《わたし》が手《て》がける以上《いじょう》、『ガブガブの本《ほん》』でも、日本語《にほんご》だけで原作《げんさく》の楽《たの》しさを味《あじ》わっていただこうと、大《おお》いにがんばったのです。

ただし、イギリスの文化《ぶんか》を知《し》らないとわからない部分《ぶぶん》もありますので、ここでいくつか解説《かいせつ》しておくことにしましょう。

「第一夜《だいや》」で、アルフレッド大王《だいおう》がケーキをこがした話《はなし》というのが出《で》てきます。これは、八七八年《ねん》にヴァイキングの攻撃《こうげき》を受《う》けたアルフレッド大王《だいおう》がサマセット州《しゅう》の平原《へいげん》の民家《みんか》にかくれているとき、王《おう》と知《し》らずにアルフレッドを家《いえ》に泊《と》めたおくさんが、焼《や》いているケーキを王《おう》に見《み》ていてもらったら、王国《おうこく》のことを考《かんが》えていた王《おう》がうっかりケーキをこがして、おくさんにたっぷりしかられたという話《はなし》です。ガブガブがさがしていた場所《ばしょ》はアセルニーといいます。

「第四夜《だいや》」でガブガブが「キツネとすっぱいブドウ」という題《だい》の寓話《ぐうわ》にふれています。これはイソップの童話《どうわ》で、おいしそうに実《みの》ったブドウを食《た》べようとしたキツネが飛《と》びあがるけれども、高《たか》い所《ところ》にあるブドウにとどかず、「どうせすっぱいにちがいない」と言《い》ってキツネは去《さ》っていくというお話《はなし》です。

　そのあとに童謡《どうよう》がいくつか出《で》てきます。「熱《あつ》いプラム・プディングに冷《つめ》たいプラム・プディング」——これは、日本《にほん》の「せっせっせ」に似《に》た手《て》あそび歌《うた》で、ふつうは「熱《あつ》い豆《まめ》がゆ、冷《つめ》たい豆《まめ》がゆ」と歌《うた》います。動画《どうが》サイトでPease Porridge Hot《ピースポリッジホット》で検索《けんさく》してみてください。また、同《おな》じようにLittle Miss Muffet《リトルミスマフェット》やLittle Jack Horner《リトルジャックホーナー》も検索《けんさく》して聴《き》いてみてください。

　さて、ガブガブは、ついにシェイクスピアをも自分《じぶん》のものにしてしまいましたね。『マクベス』の「さあ、来《こ》い、マクダフ。『まいった』とさけんだほうが地獄落《じごくお》ちだ」というマクベスのせりふをもじって、「さあ、来《こ》い、プラムダフ。先《さき》に『もう、いっぱいだ』とさけんだほうが、おなかの皮《かわ》がやぶれるのだ」としています。原作《げんさく》の人名《じんめい》「マクダフ」を、お菓子《かし》の名前《なまえ》「プラムダフ」に変《か》えたところが、おもしろいのです。プラムダフは、干《ほ》しブドウとシトロンを入《い》れて蒸《む》したり煮《に》たりした小麦粉《こむぎこ》のプディングです。なお、「まいった」の原語《げんご》は「もうたくさんだ」という意味《いみ》なので、ガブガブの文脈《ぶんみゃく》に合《あ》わせて「もう、いっぱいだ」と訳《やく》しました。

　『ロミオとジュリエット』のロミオの名前《なまえ》は、「ローリーポーリー」に変《か》えられてしまっていました。これはバター入《い》りビスケット生地《きじ》でジャムやくだものをくるくる巻《ま》いたものを焼《や》いたお菓子《かし》です。正《ただ》しい引用《いんよう》は、「ああ、ロミオ、ロミオ、どうしてあなたはロミオなの」となり、「バラと呼《よ》ばれるあの花《はな》は、ほかの名前《なまえ》で呼《よ》ぼうとも、甘《あま》い香《かお》りは変《か》わらない」とつづきます。

そのほか、原文《げんぶん》を読《よ》んだときに感《かん》じるおもしろさをできるだけ伝《つた》えるように工夫《くふう》しました。たとえば、ガゾル（guzzle）王《おう》というのが出《で》てきますが、guzzle とは「暴飲暴食《ぼういんぼうしょく》する、がつがつ食《た》べる」という意味《いみ》なので、「ガツガツ王《おう》」と訳《やく》しました。人物名《じんぶつめい》には、ここで掲《かか》げた以外《いがい》にもたくさんのことばあそびがしかけられています。それを日本語《にほんご》で表現《ひょうげん》するようにしました。

最後《さいご》まで『ドリトル先生《せんせい》』シリーズを読《よ》んでくださってありがとうございました。

つばさ文庫《ぶんこ》には、ほかにもたくさん楽《たの》しい本《ほん》があります。同《おな》じ訳者《やくしゃ》の作品《さくひん》には、『ふしぎの国《くに》のアリス』『かがみの国《くに》のアリス』『ピーター・パン』『星《ほし》を知《し》らないアイリーン』『赤毛《あかげ》のアン』……などいっぱいありますから、いろいろと読《よ》んでみてくださいね。

シリーズをふりかえって

すべては、『ドリトル先生《せんせい》アフリカへ行《い》く』で、トミー・スタビンズがドリトル先生《せんせい》と出会《であ》ったところからはじまったのでした。先生《せんせい》がアフリカへ行《い》ったのは、病気《びょうき》のサルたちを助《たす》けるためでした。ドリトル先生《せんせい》は、いつだって動物《どうぶつ》たちの病気《びょうき》やけがを治《なお》してあげるためにがんばります。だから、動物《どうぶつ》たちは、力《ちから》を合《あ》わせて、ドリトル先生《せんせい》のお役《やく》にたとうとするんですね。

ロンドンで人探《ひとさが》しをするなら、スズメのチープサイドにたのめば一発《いっぱつ》です。べらんめえ口調《くちょう》で、がらはわるいですが、とってもたよりになるスズメです。みなさんのおうちにも、チープサイドがやってきて、こまったことを解決《かいけつ》してくれたら、どんなにいいでしょう。

『郵便局《ゆうびんきょく》』では、鳥《とり》たちがリレーして手紙《てがみ》を運《はこ》んでくれましたね。ジップは得意《とくい》の鼻《はな》をきかせて助《たす》けてくれました。そんなふうにみんなが助《たす》けあう世界《せかい》になったら、世《よ》の中《なか》はとても住《す》みやすくなるでしょう。

このシリーズを読《よ》めば、だれだってドリトル先生《せんせい》の動物《どうぶつ》たちが大好《だいす》きになるはずです。ときどき乱暴《らんぼう》な口調《くちょう》でののしったりするポリネシアも、家《いえ》のなかのお世話《せわ》をしながら小言《こごと》ばかり言《い》うアヒルのダブダブも、食《く》いしん坊《ぼう》のブタのガブガブも、聞《き》きたがり屋《や》の白《しろ》ネズミのホワイティも、ゆかいな楽《たの》しい仲間《なかま》です。

みなさんの心《こころ》のなかに、そんなすてきな仲間《なかま》たちが生《い》きつづけるかぎり、きっとみなさんも楽《たの》しい気持《きも》ちになって、「こまっている人《ひと》がいたら助《たす》けてあげたい」「お友《とも》だちと楽《たの》しくしたい」と思《おも》うでしょう。

世界《せかい》じゅうの人《ひと》が仲間《なかま》になって助《たす》けあうこと、それが作者《さくしゃ》ヒュー・ロフティングの願《ねが》いなのだと思《おも》います。

もちろん、世《よ》の中《なか》には悪《わる》い人《ひと》もいますから、そういうやつはこらしめなければなりません。でも、みなさん、気《き》づいたでしょうか。ドリトル先生《せんせい》シリーズには、ほんとうに悪《わる》い動物《どうぶつ》は出《で》てこないのです。

動物《どうぶつ》たちのきれいな心《こころ》を世界《せかい》じゅうの人《ひと》がもってくれたらいいのに、ね。

河合祥一郎《かわいしょういちろう》

ドリトル先生《せんせい》やその仲間《なかま》たちの
波乱万丈《はらんばんじょう》で楽《たの》しい物語《ものがたり》に最後《さいご》まで
挿絵《さしえ》を添《そ》えさせていただきました。
挿絵《さしえ》がお話《はなし》を想像《そうぞう》するきっかけに
なっていたら嬉《うれ》しいです。
読者《どくしゃ》ハガキに描《か》いていただいた
ドリトル先生《せんせい》や仲間《なかま》たちの絵《え》が
本当《ほんとう》にうれしくて宝物《たからもの》です。
どうもありがとうございました！

patty

角川つばさ文庫

ヒュー・ロフティング／作
1886～1947年。アイルランド人の母を持つ、イギリス生まれのアメリカの児童小説家。代表作は、この「ドリトル先生」シリーズ。２作目『ドリトル先生航海記』で、ニューベリー賞を受賞。

河合祥一郎／訳
1960年生まれ。東京大学教授。訳書に『新訳　ふしぎの国のアリス』『新訳　ピーター・パン』『新訳　赤毛のアン　完全版』『新訳　星を知らないアイリーン　おひめさまとゴブリンの物語』（すべて角川つばさ文庫）ほか。

ｐａｔｔｙ／絵
新進の女性イラストレーター。愛犬は黒いシバ犬。『新訳　飛ぶ教室』『泣いた赤おに　浜田ひろすけ童話集』（ともに角川つばさ文庫）の挿絵も担当。

角川《かどかわ》つばさ文庫《ぶんこ》

新訳《しんやく》　ドリトル先《せん》生《せい》のガブガブの本《ほん》

シリーズ番外編《ばんがいへん》

作《さく》　ヒュー・ロフティング
訳《やく》　河合祥一郎《かわいしょういちろう》
絵《え》　ｐａｔｔｙ《パティ》

2016年８月15日　初版発行
2024年１月30日　４版発行

発行者　山下直久
発　行　株式会社KADOKAWA
〒102-8177　東京都千代田区富士見 2-13-3
電話　0570-002-301（ナビダイヤル）
印　刷　大日本印刷株式会社
製　本　大日本印刷株式会社
装　丁　ムシカゴグラフィクス

ISBN978-4-04-631635-6　C8297　N.D.C.933　176p　18cm

読者のみなさまからのお便りをお待ちしています。下のあて先まで送ってね。
いただいたお便りは、編集部から著者へおわたしいたします。
〒102-8177　東京都千代田区富士見 2-13-3　角川つばさ文庫編集部

角川つばさ文庫のラインナップ

新訳
ドリトル先生のサーカス

作／ヒュー・ロフティング
訳／河合祥一郎　絵／patty

おさいふがすっからかんのドリトル先生。もう動物たちとサーカスに入るしかない！　オットセイをにがそうとして人ごろしにまちがわれたり、アヒルがバレリーナになる動物のげきをひろうしたり…。大こうふんの第４巻！

新訳
ドリトル先生アフリカへ行く

作／ヒュー・ロフティング
訳／河合祥一郎　絵／patty

ドリトル先生は動物のことばが話せる、世界でただひとりのお医者さん。おそろしい伝染病にくるしむサルをすくおうと、友だちのオウム、子ブタ、アヒル、犬、ワニたちと、船でアフリカへむかいますが……。名作を新訳と42点のたのしいイラストで！

新訳
ドリトル先生の動物園

作／ヒュー・ロフティング
訳／河合祥一郎　絵／patty

世界に一つだけの、おりのない動物園ができました！　ウサギ・アパートからリス・ホテルまである動物天国です。楽しいネズミのお話もいっぱい。探偵犬とふしぎな事件のナゾをとく、ミステリーもついた第５巻！

新訳
ドリトル先生航《こう》海《かい》記《き》

作／ヒュー・ロフティング
訳／河合祥一郎　絵／patty

動物と話せるお医者さん、ドリトル先生の今度のぼうけんは、海をぷかぷか流されていくクモザル島をさがす船の旅！　おなじみの動物たちもいっしょです。巨大カタツムリに乗って海底旅行も？　さし絵68点の第２巻！

新訳
ドリトル先生のキャラバン

作／ヒュー・ロフティング
訳／河合祥一郎　絵／patty

ドリトル・サーカスの新しい出し物は、カナリアやフラミンゴたちが歌っておどる世界初の鳥のオペラ！　このとんでもないショーは成功するでしょうか？　先生が女装までする、びっくりぎょうてんの第６巻。絵64点！

新訳
ドリトル先生の郵便局

作／ヒュー・ロフティング
訳／河合祥一郎　絵／patty

先生がはじめたツバメ郵便局へ、世界中の動物から手紙がとどきます。かわいそうな小さな王国をすくったり、先生は大かつやく！　やがて、世界最古のナゾの動物から、ひみつの湖への招待状が！　さし絵63点の第３巻！

つぎはどれ読む？

新訳
ドリトル先生と秘密の湖（上）

作／ヒュー・ロフティング
訳／河合祥一郎　絵／patty

世界最古の生き物どろがおが、なんと地震で生きうめに！　先生たちは急ぎ、「秘密の湖」へ船の旅にでかけます。そこでなつかしのワニのジムと再会し、救出作戦にのりだしますが…。シリーズ最大の大長編。絵52点の第10巻！

新訳
ドリトル先生と月からの使い

作／ヒュー・ロフティング
訳／河合祥一郎　絵／patty

犬の博物館でにぎわうドリトル家のお庭に、なぞの巨大生物がまいおりた！　えっ、先生をむかえにきた月からの使い!?　宇宙への大冒険がはじまる、絵67点の第7巻。教授犬やちょんまげ犬のゆかいなお話もいっぱい！

新訳
ドリトル先生と秘密の湖（下）

作／ヒュー・ロフティング
訳／河合祥一郎　絵／patty

ついに世界最古の生物どろがおが語りはじめたのは、有名な「ノアの箱舟」の新事実！　数千年前、なぜ大洪水が起きて世界は一度ほろんだのか？　箱舟に乗って生きのびた動物とは？　動物が命がけで人間を救う第11巻！

新訳
ドリトル先生の月旅行

作／ヒュー・ロフティング
訳／河合祥一郎　絵／patty

月についた先生とトミーたち。調査旅行の行く先々で出会うのは、巨大カブトムシに巨大コウノトリ、そしてぶきみな巨人の足あと。みんなこちらを見はっているみたい。やがて先生まで巨大化して…。絵53点、大ピンチの第8巻！

新訳
ドリトル先生と緑のカナリア

作／ヒュー・ロフティング
訳／河合祥一郎　絵／patty

天才カナリア歌手の波乱万丈な人生。軍のマスコット、毒ガス探知、出産、初恋（！）、命がけで海をわたる!?　そして最後に願ったのは「人間に会いたい」でした！　先生はカナリアの元飼い主を探しますが…。絵62点、第12巻！

新訳
ドリトル先生月から帰る

作／ヒュー・ロフティング
訳／河合祥一郎　絵／patty

トミーがひとり月から帰ると、おうちはあれ放題。やっぱり先生がいないとダメなんだ！　そして、ついに先生が月から巨大バッタに乗って帰ってきます！　この6mの巨人が先生？　月のネコも登場する、絵64点の第9巻！

新訳 雪の女王
アンデルセン名作選

作／アンデルセン
訳／木村由利子　絵／POO

少女ゲルダの幼なじみカイに、悪魔の鏡のカケラがつきささった！　優しかった少年は冷たくなり、雪の女王についていき消える。ゲルダははだしでカイを探す旅に出るが…。最高のラブストーリーを絵54点と新訳で！　他2編。

新訳 アンの青春（上）
完全版 ー赤毛のアン2ー

作／L・M・モンゴメリ
訳／河合祥一郎
絵／南マキ　挿絵／榊 アヤミ

アンは、大好きなアヴォンリー村で母校の小学校の先生となります。家ではマリラがふたごをひきとり、いたずらに手を焼きどおし。17才をむかえるアンの青春の日々を描く、絵45点の名作ノーカット完全版！

新訳 長くつ下のピッピ

作/アストリッド・リンドグレーン
訳/冨原眞弓　絵/もけお

町はずれのボロ家にひっこしてきたのは、親がいない、学校も行かない女の子。大人たちはしんぱいするけど、大きなおせわ。だってその子、とびきり大金もちで力もちなんだもん！　絵88点、世界一つよい女の子の物語!!

新訳 アンの青春（下）
完全版 ー赤毛のアン2ー

作／L・M・モンゴメリ
訳／河合祥一郎
絵／南マキ　挿絵／榊 アヤミ

アンの新しい友人、白髪のミス・ラベンダー。じつはアンの生徒の父と25年前に婚約していましたが、ケンカ別れしてからずっと独身です。その失恋に今も彼女が傷ついていると知ったアンは…。絵47点！

新訳 長くつ下のピッピ
船にのる

作/アストリッド・リンドグレーン
訳/木村由利子　絵/もけお

大金持ちのバカ力少女ピッピの毎日は、脱走したトラと対決したり、無人島で遭難したりと、へんてこだけどゆかいすぎ。そこへ死んだはずのパパが帰り、ピッピは仲よしの友だちとわかれ、町を出て船にのることに…。感動の第2巻！

新訳 ピーター・パン

作/J・M・バリー
訳/河合祥一郎　絵/mebae

ある夜、3階の窓から子ども部屋にとびこんできた、永遠に大人にならない不思議な少年ピーター・パン。少女ウェンディと弟たちをつれだし、星空をとんで、さぁ、ネバーランドへ。世界一ゆかいで切ない物語を新訳と60点の絵で！

角川つばさ文庫発刊のことば

角川グループでは『セーラー服と機関銃』（81）、『時をかける少女』（83・06）、『ぼくらの七日間戦争』（88）、『リング』（98）、『ブレイブ・ストーリー』（06）、『バッテリー』（07）、『DIVE!!』（08）など、角川文庫と映像とのメディアミックスによって、「読書の楽しみ」を提供してきました。

角川文庫創刊60周年を期に、十代の読書体験を調べてみたところ、角川グループの発行するさまざまなジャンルの文庫が、小・中学校でたくさん読まれていることを知りました。

そこで、文庫を読む前のさらに若いみなさんに、スポーツやマンガやゲームと同じように「本を読むこと」を体験してもらいたいと「角川つばさ文庫」をつくりました。

読書は自転車と同じように、最初は少しの練習が必要です。しかし、読んでいく楽しさを知れば、どんな遠くの世界にも自分の速度で出かけることができます。それは、想像力という「つばさ」を手に入れたことにほかなりません。

「角川つばさ文庫」では、読者のみなさんといっしょに成長していける、新しい物語、新しいノンフィクション、角川グループのベストセラー、ライトノベル、ファンタジー、クラシックスなど、はば広いジャンルの物語に出会える「場」を、みなさんとつくっていきたいと考えています。

読んだ人の数だけ生まれる豊かな物語の世界。そこで体験する喜びや悲しみ、くやしさや恐ろしさは、本の世界の出来事ではありますが、みなさんの心を確実にゆさぶり、やがて知となり実となる「種」を残してくれるでしょう。

かつての角川文庫の読者がそうであったように、「角川つばさ文庫」の読者のみなさんが、その「種」から「21世紀のエンタテインメント」をつくっていってくれたなら、こんなにうれしいことはありません。

物語の世界を自分の「つばさ」で自由自在に飛び、自分で未来をきりひらいていってください。

ひらけば、どこへでも。——角川つばさ文庫の願いです。

角川つばさ文庫編集部